KB123941

로크미디어가
유혹하는
재미있는 세상

이것이 나이다

이것이 법이다 105

2021년 2월 4일 초판 1쇄 인쇄
2021년 2월 9일 초판 1쇄 발행

지은이 자카예프
발행인 이종주

총괄 김정수
경영 지원 배진경 임혜솔 송지유

기획 이기헌 왕소현 박경무 강민구
책임 편집 최전경

발행처 (주)로크미디어
출판등록 2003년 3월 24일
주소 서울시 마포구 성암로 330 DMC첨단산업센터 3층 318호, 319호
Tel (02)3273-5135 **편집** 070-7863-8592 **Fax** (02)3273-5134
홈페이지 rokmedia.com **E-mail** rokmedia@empas.com

ⓒ 자카예프, 2015

값 8,000원

ISBN 979-11-354-8907-5 (105권)
ISBN 979-11-255-9575-5 04810 (세트)

이것이 법이다

105

자카예프 장편소설

ROK
MEDIA

로크미디어

CONTENTS

살인자는 누구인가

"이건 외국인 살인이에요. 추적이 불가능합니다."

노형진에게 들어온 사건. 그 사건은 절대 쉽지 않았다.

"척 보면 모릅니까? CCTV도 있지 않습니까? 벌써 튀었는데 어떻게 잡으라고요?"

경찰은 어깨를 으쓱하며 말했다.

"하지만 저희 의뢰인의 어머님은 외국인과 하등 관계가 없습니다."

"그건 저야 모르지요."

"모르는 게 아니라, 그러면 그걸 추적해야 하는 거 아닌가요?"

"아니, 경찰이 무슨 점쟁이도 아니고, 본인도 모른다고 하는 걸 어떻게 알아냅니까?"

노형진은 머리를 절레절레 흔들었다.

'어쩌다 이런 새끼가 걸렸지?'

보통 살인 사건은 새론으로, 아니 변호사에게 오지 않는다.

변호사 입장에서는 의뢰인이 형사사건의 가해자가 아니라 피해자인 경우 할 수 있는 게 없기 때문이다.

그런데 이번에는 피해자의 아들이 의뢰를 해서 온 것이다.

그리고 노형진은 담당 경찰을 만나 보고 혀를 끌끌 찼다.

'제대로 수사하지 않을 생각이구먼. 뭐, 이유를 모르는 바는 아니지만.'

CCTV에 살인의 현장이 그대로 찍혀 있었는데 살인범이 흑인이었다.

얼굴은 나오지 않고 목덜미만 보였는데, 그 피부가 시커먼 색이었던 것이다.

흑인이 저지른 살인. 그렇잖아도 해결하기 힘든 사건에서 더 말문이 막히는 상황이다.

"그래도 그 흑인이 누군지 수사는 해 봐야 하지 않습니까?"

"한국에 흑인이 한두 명인 줄 압니까?"

"다른 CCTV라도 추적해 봐야지요!"

"주변의 다른 CCTV에는 찍힌 게 없다니까요."

피해자는 윤영자로, 그녀는 걸어가는 와중에 뒤에서 갑자기 달려온 범인에게 긴 칼로 다섯 번이나 찔려 사망했다.

경찰이 가진 범인에 대한 정보는 고작 그가 흑인이라는 것뿐.

"우리도 노력했습니다. 하지만 이건 방법이 없어요."

"그 지역에 사는 흑인들은요?"

"아니, 그러니까 거기에는 흑인이 안 산다니까요."

안양 지역.

그다지 외국인이 살 만한 곳도 아니었고, 산다고 해도 중국인이나 동남아인과 같은 동양인 정도다.

서양인은 그나마 소수의 백인과 극소수의 흑인이 살고 있다.

그중 흑인은 공식적으로 딱 두 명 살고 있는 것으로 집계되었는데, 두 명 다 여자였고 범행 시간에 자신이 속한 학원에서 수업 중이었다.

"보다시피 흑인 남자예요. 이거 가지고는 추적 못해요."

"말이 안 되지 않습니까? 흑인 남자가 60대 여성을 칼로 찔러서 죽일 이유가 뭡니까? 뭔가 관계가 있으니까 그런 거 아닙니까?"

조사 결과 피해자가 외국인과 금전적으로 연관이 있는 것도 아니었고 그녀가 하는 일이 외국인과 관계가 있는 것도 아니었다.

그녀는 자신의 작은 옷 가게에서 옷을 파는데 그것도 젊은 층이 아니라 노년층을 대상으로 하는 거라서 외국인과 엮일 이유가 없다.

인터넷으로 팔기는커녕 인터넷 광고도 안 하는, 시장의 흔하고 오래된 가게였다.

"나는 모른다니까요!"

"아니, 모른다는 게 말이나 됩니까?"

"강도질이 목적이었나 보죠."

"정작 지갑은 안 가지고 가지 않습니까?"

"아니, 그거야 죽으니까 당황해서 그런 것 같고."

"그게 지금 진심으로 하는 말입니까?"

"끄응······."

경찰은 노형진에게 대꾸하다가 한숨을 푹 쉬었다.

"이봐요, 변호사님. 나도 잡고 싶어. 그런데 방법이 없잖
아요, 방법이. 뭐가 있어야 잡지."

'그래, 나도 알지. 그래서 문제지.'

잡아야 한다. 그런데 방법이 없다.

그러니까 그 시간에 경찰은 다른 사건을 하고 싶은 것이다.

어차피 이 사건을 추적해 봐야 나올 것도 없어 보이고, 난
이도도 장난이 아닐 테니까.

'이런 새끼들 때문에 경찰이 욕을 먹지.'

조금 힘들다고 놔 버리고 실적이 될 만한 사건만 좇으려고
하니 제대로 수사가 될 리가 없다.

"하아."

노형진이 한숨을 푹 쉬자 좀 떨어진 자리에 있던 경찰 한
명이 다가와서는 어깨를 툭 쳤다.

"노 변호사님, 같이 한 대 태우시겠어요?"

이것이 법이다

"아, 김 형사님."

"나가시지요."

노형진은 더 이상 이야기하지 않고 바깥으로 나갔다.

노형진은 담배를 안 피우기 때문에 그는 노형진에게 음료수를 하나 뽑아서 건넨 다음 자신은 담배를 물었다.

"답이 없지요?"

"저 사람 뭡니까, 저거?"

"이번에 새로 온 놈인데요, 쩝……. 요즘 애들 답이 없어요."

김 형사라고 불린 경찰은 찰칵거리면서 지포라이터로 불을 붙이고는 허공으로 연기를 뿜었다.

"국영수 성적 가지고 뽑는 건 좋은데 최소한의 인성 테스트는 좀 해 줬으면 좋겠네요."

"심한가 보네요?"

"모든 게 실적이니까요. 좀 독하게 말해서 발로 뛰는 경찰이 얼마나 되겠습니까? 그런 소리라도 하면 꼰대 취급합니다."

김 형사는 어깨를 으쓱하며 말했다.

"CCTV 같은 걸 뒤져 보고 증거도 없다 싶으면 그냥 놔 버리고 미결로 넘겨 버려요. 그거 해결한다고 뛰다가 시간만 보내면 승진에서 누락되니까."

이런 사건을 해결하려면 한두 달 수사로는 안 된다.

그런데 그 시간이면 다른 사람들은 다른 사건을 서너 건은 해결하다 보니 승진에서 밀릴 수밖에 없다.

"요즘 젊은 경찰들 중에 답 없는 애들 많아요. 뭐, 우리 때라고 해도 별반 다르지 않았지만."

"미치겠네요. 경찰 구조가 너무 잘못된 것 같습니다."

"알아요. 그런데 어쩝니까, 이 미친놈의 나라."

사건을 잘 해결하면 승진하는 게 맞다.

하지만 세상의 사건들이 모조리 난이도가 똑같은 것은 아니다.

똑같은 살인이지만 이런 사건은 범인 잡기가 요원하고, 또 어떤 사건은 범인이 누군지 예측하는 게 어렵지 않다.

그런데 사건 해결의 인사고과 점수는 난이도랑 상관없이 똑같다. 눈에 뻔히 보이는 살인 사건이나 추적이 힘든 살인 사건이나 말이다.

"그 시간에 생쇼를 하는 게 승진에는 더 효과가 있으니."

강도를 서른 명 잡아서 특진하는 것보다 선행 하나가 인터넷에 이슈가 되면 특진하기 쉬운 게 경찰이다.

그런데 그게 말이 안 되는 게, 선행이라고 하지만 그건 경찰의 주요 업무다.

경찰의 주요 업무는 국민의 보호 및 치안 유지.

그런데 대민 홍보를 잘했다고 살인범 열 명 잡은 사람보다 더 승진이 빠르다.

'그러고 보니 강도 잡는 여경 사건이 있었지.'

경찰에서 여경이 강도를 잡았다며, '강도 잡는 여경 보셨어요?'라고 홍보한 사건.

애초에 경찰의 업무가 강도를 잡는 건데 강도를 잡았다고 홍보를 할 정도면 정말 심각한 문제다.

결국 그 홍보는 '요리하는 요리사 보셨어요?', '치료하는 의사 보셨어요?', '불 끄는 소방관 보셨어요?' 등의 사람들의 비꼬임을 당하고 조용히 사라졌지만, 그로 인해 경찰 내부의 비상식적인 승진 구조가 드러났다.

범인을 잘 잡는 경찰보다는 시험을 잘 보고 이슈가 된 사람만 승진하는 괴상한 형태 말이다.

"요즘 젊은 애들은 그래서 그런 거에만 매달려요."

김 형사는 툴툴거리면서 말했다.

"어차피 승진하면 그만이니까 출동해서도 순찰 도는 게 아니라 그냥 차를 세워 두고 그 안에서 공부하는 경우도 많고."

"그 정도입니까?"

"아니, 백날 도둑을 잡아 봐야 시험 봐서 승진하는 게 더 빠른데 누가 도둑을 잡겠습니까?"

노형진은 눈을 찌푸리면서 고개를 돌려 경찰서를 바라봤다.

"저 녀석이 그런 녀석입니다. 부서 내에서도 아예 거리를 둬요."

"끄응, 그런데 어쩌다 저런 놈이……."

"뭐, 순서대로 돌아가면서 배정하니까. 저 녀석은 조금만 사건이 힘들면 그냥 미결로 올려 버립니다."

노형진은 혀를 끌끌 찼다.

"그러면 그냥 수사관을 바꿔 달라고 하는 수밖에 없겠군요."

"그러시라고 잠깐 보자고 한 겁니다. 이거 싸워 봐야 저 녀석이 제대로 할 리 없고."

어깨를 으쓱하는 김 형사.

실제로 노형진이 안으로 들어갔을 때 담당 경찰의 책상에 있었던 건 시험용 문제집이었지 업무 서류가 아니었다.

"그러면 그렇게 하겠습니다. 그런데 김 형사님은 어떻게 생각하세요, 이번 사건?"

"솔직히 저도 답이 없네요."

그는 경험이 많다.

어지간한 사건은 다 겪어 봤고 다중 살인에서부터 자살까지, 별의별 사건을 다 봤다.

"하지만 흑인이 왜 60대 여성을 이유도 없이 살인했는지 이해가 가지 않아요. 아무리 봐도 원한도 없어 보이는데요."

"혹시 아시는 거 있습니까?"

"아는 거라고 해 봐야 그녀가 일하던 옷 가게뿐인데요."

시장에 있는 옷 가게이고 주요 손님들은 나이가 좀 있는 사람들이다.

우연히 외국인 관광객이 올 만한 위치도 아니다.

"그래서 여러모로 말이 안 된다고는 생각해요."

"그러면…… 혹시나……."

노형진은 무차별 살인이 아닐까 하는 생각이 들었다.

물론 무차별 살인을 한국까지 와서 한다는 게 좀 이상하기는 하지만 말이다.

"그 생각도 해 봤습니다만 그것도 아니란 말입니다."

그 시간에 그 지역에 사람이 다니지 않는 것은 맞다.

하지만 아예 사람이 없는 것도 아니다.

"그런데 갑자기 튀어나와서 피해자인 윤영자를 찔렀단 말이지요."

그 전에 다른 사람들이 혼자서 지나가기도 했다.

건장한 남자야 저항할까 두려워서 안 할 수도 있지만 여자들도, 심지어 윤영자가 지나가기 5분 전에 윤영자 또래의 여성이 지나가기도 했다.

"사각에서 튀어나와서 확신은 못 하겠지만 아무리 봐도 윤영자 씨를 노린 것 같은데."

"후우."

"일단 제 사건이 아니라서 제가 더 이상 터치하기가 애매하니까 수사관 변경 신청하시면, 이야기해서 저한테 오게 해 보겠습니다. 뭐, 저 아니더라도 누가 하든 저 녀석보다는 나을 겁니다."

"끄응……."

노형진은 쓸쓸하게 웃을 수밖에 없었다.

노형진이 변경 신청을 하자 수사관은 바로 바뀌었다.

애초에 그가 수사를 제대로 하지 않는다는 걸 모두가 알고 있었으니까.

다행히 김 형사가 맡게 되었지만, 그 또한 사건을 다시 분석하고는 아무래도 윤영자와 이번 사건은 관련이 없다고 판단했다.

윤영자의 행동 패턴은 너무나 뻔했고, 흑인은커녕 외국인과 만날 이유 자체가 없었기 때문이다.

결국 돌고 돌아서 가장 의심스러운 대상은 다름 아닌 윤영자의 아들인 윤석호였다.

물론 그가 살인자로서 의심스러운 것은 아니었다.

그가 그나마 외국인과 관련이 있는 직업을 가지고 있기 때문이었다.

"저 때문에 누군가가 어머니를 죽였다고요?"

"경찰은 그렇게 생각합니다. 혹시 아시는 거 있습니까?"

"전혀요! 물론 제가 업무상 외국인을 가끔 만나기는 합니다. 하지만 그것 때문에 어머니가 죽었다니 말도 안 돼요!"

윤석호는 외국계 기업에 다니는 사람이다. 그러니 가끔은 외국인을 만난다.

"그리고 제가 만나는 사람들은 죄다 업무와 연관된 이들뿐입니다. 설사 원한을 품었다 해도 저나 회사를 공격하면 모를까, 제 어머니를 죽인다는 게 말이나 됩니까?"

"그건 그렇습니다만."

노형진은 턱을 문질렀다.

경찰이 그나마 꺼낸 카드이기는 하지만 그가 보기에도 말이 안 되는 소리니까.

"업무와 관련해서 원한을 가질 만한 사람이 있습니까?"

"없습니다. 저는 한낱 직장인일 뿐입니다."

그가 일하는 외국계 회사는 유통 업체였고 그의 업무는 외국에서 물건을 들여오는 것이다.

"제가 물건을 팔거나 해외에서 수입하는 건 아닙니다."

그는 말 그대로 들어오는 물건을 확인하는 업무를 할 뿐이었다.

"혹시 불량품이 들어왔는데 그걸 통관시켜 달라고 하거나 반대로 멀쩡한 걸 반품시켜 달라고 하는 사람은 없었습니까?"

"전혀요. 애초에 통관시키기 전에 그쪽에서 한 번 더 검수합니다."

보내는 회사 입장에서는 그 불량품에 대한 운송 비용을 자기들이 내야 하기 때문에 물건을 발송하기 전에 깐깐하게 검수한다.

현장에는 자기네 직원이 동행하고 말이다.

"지금까지 불량품이 들어와서 반품된 적은 없습니다. 당연히 멀쩡한 걸 반품한 적도 없고요."

결과적으로 외국인을 만난다고 해도 원한을 사거나 할 일
은 전혀 없었다는 소리다.

"더군다나 흑인요? 저는 제 담당으로 흑인 딱 한 명 봤습
니다."

대부분의 물건들이 유럽 쪽에서 수입된다.

그렇다 보니 일하는 사람들 중에서 흑인은 거의 없는 편이
었다.

"그러면 회사에서는요?"

"회사에서 일하는 분이 세 분 정도 계시기는 하지만 그분
들이 살인을 할 이유가 없지요."

본사에서 나온, 사회적으로 나름 성공한 사람들이다.

그들의 일개 직원에게 원한을 가질 이유는 없다.

"더군다나 두 분은 제 존재 자체도 모르실 겁니다."

세 명 중 두 명은 윤석호와 말 한번 섞어 본 적 없고, 한
명도 얼굴은 알지만 직급은 제법 차이 나는 수준이다.

'하긴 한국까지 와서 본 적도 없는 직원의 부모를 살해할
놈은 없지.'

노형진도 현 상황이 이해가 가지 않았다.

모든 살인에는 원인이 있다.

묻지 마 살인이라면 그의 정신이상이 원인이다.

"하지만 이 사건은 그런 게 아니란 말이지요."

흑인이 한국인을 죽였다.

그런데 살인의 패턴은 묻지 마 살인이 아니라 원한에 의한 계획범죄다. 정작 원인을 살 만한 일은 전혀 없는데 말이다.

"사건 패턴이 일반 사건과는 전혀 달라요."

"딱히 이상한 차량은요?"

범인의 모습은 범행 현장의 CCTV 외에는 찍히지 않았다.

그런데 그곳은 CCTV가 엄청나게 많은 지역이다. 다른 CCTV에 걸리지 않은 채 그 지역에서 사라지는 것은 불가능하다.

"차량들을 확인해 봤습니다만, 딱히 이상한 건 없었습니다."

"움직이면서 태우고 바로 갈 수도 있지 않습니까?"

"그건 그렇지요. 그래서 그 당시에 그 지역을 통과한 차량들을 전부 확인해 봤습니다. 하지만 용의점이 있는 차량이 하나도 없더군요."

늦은 밤인 만큼 다른 지역의 차량이나 영업용 차량이 움직일 시간은 아니다.

그러니 그 시간에 차량이 움직였다면 범인을 CCTV의 사각에서 태우고 간 것일 수도 있다.

"그런데 없어요?"

"의심스러운 차량은 서른 대쯤 되는데 확인해 보니까 모두 다 정상적인 차량입니다. 그 근처 주민들이거나, 그 지역을 지나가야 자신의 집이나 가게로 갈 수 있는 차량들뿐이었습니다."

"오토바이는요?"

"오토바이도 다 그렇습니다. 오토바이라고 해 봐야 죄다 배달 오토바이들인지라."

그 오토바이를 추적하는 건 어렵지 않았고 그 시간에 배달이 있었다는 것도 확인했다.

"마치 마법처럼 그 흑인의 움직임이 사라진 겁니다."

"그게 가능합니까?"

"그러니까요. 이해가 안 됩니다."

현실적으로 그가 사라지는 것은 불가능하다. 그런데 사라졌다.

"CCTV 사각에 있는 길이 있나요?"

"전혀요. 사각 같은 건 없습니다. 그쪽 지역에는 CCTV가 상당히 촘촘하게 설치되어 있습니다."

카메라를 완전히 피해서 사라질 방법은 없었다.

"그 당시 주민들 중에 다른 피해자는 없었나요?"

그렇다면 결국 건물 안으로 들어가는 것뿐이다. 그 안에 숨어 있는다면 충분히 피할 수 있으니까.

"아니요. 근처에 살던 사람들에게 확인했습니다만 특이 사항은 없었습니다."

흑인이 집주인을 위협하면서 집 안으로 침입했다면 당연히 신고가 들어왔어야 한다.

하지만 그런 신고는 없었다.

"사망자가 있을 가능성은?"

"그랬다면 그 지역에서 신고가 있었겠지요."

피 냄새나 실종 같은 것 말이다.

하지만 그 지역에서 그런 신고는 없었다.

그곳의 주민들은 평소와 같이 평범한 하루를 보내고 있었다.

"몇몇 잡범들에 관한 신고는 있었지만……."

그러나 흑인 관련된 신고는 전혀 없었다.

그러니까 현 상황에서 범인이 완전히 증발한 것이다.

"이런 미친……. 이게 가능한 건가?"

노형진은 어이가 없어서 고개를 갸웃했다.

현실적으로 사건도 이해가 안 가는데 과정도 이해가 안 간다.

한국이라는 사회에서 흑인이라는 존재는 완벽한 이방인이다.

물론 외국인이 없는 것은 아니지만 흑인은 그 안에서 극소
수다.

"그런데 흑인이 갑자기 사라지는 게 가능하다고요?"

형사의 말에 노형진은 이해가 가지 않았다.

"저도 확인 중입니다만 아무래도 그 지역 내에서 흑인이
연관되어 있을 만한 사건은 전혀 없습니다. 집주인을 죽이고
사라졌다면 이미 그게 살인 사건으로 접수되었어야 합니다."

하지만 윤영자를 제외한 살인 사건은 없다.

"하다못해 주변에서 실종 신고라도 해야 합니다만 그런 것

도 없고요."

몇몇 사소한 잡범을 제외하고는 아무것도 없는 상황.

"도대체 이게 어떻게 된 건지, 머리가 지끈거리네요."

아무래도 이번 사건은 쉬울 것 같지 않았다.

⚖

"흑인?"

"그래. 혹시 그런 정보가 있어?"

"전혀. 흑인 킬러라니, 한국에서? 눈에 너무 띄는데?"

"그렇지?"

노형진은 오광훈과 이야기하면서 혀를 끌끌 찼다.

혹시나 하는 마음에 오광훈에게 이야기해 봤지만 아무래도 이건 도무지 답이 안 보였다.

"밤이었다면서? 그 어둠 속에서 닌자처럼 사사삭 사라진거 아냐? 시커먼 놈이 그림자 속에 숨으면 보이겠어?"

"그거 인종차별이다."

"인종차별은 개뿔, 그게 무슨 인종차별이라고. 내가 인종차별 할 놈이냐?"

"하긴 넌 다 차별하지."

"정답."

키득거리는 오광훈.

이것이 법이다

"내가 차별하는데 자기가 어쩔 거야?"

"그건 그러네. 그리고 한국이 그다지 차별이 심한 나라는 아니고."

"뭐? 한국은 차별이 심한 나라 아니야?"

노형진은 피식 웃었다.

"그건 한국 인권주의자들의 주장이고, 한국처럼 인종차별이 약한 나라는 많지 않아."

"그 정도야?"

"최소한 한국에서는 무시는 해도 사람 취급해 주잖아."

한국에서 인종차별을 한다고 하지만 그 사람을 무시하기는 할지언정 그에게 직접적 위해를 가하거나 그를 사람 취급도 하지 않는 경우는 거의 없다.

"미국만 가 봐도 얼마나 개판인데."

다인종 국가인 미국조차도 매년 심각한 인종차별이 문제가 된다.

식당이나 커피숍에서 동양인이나 흑인을 무시하는 건 아주 일상이며, 심지어 어떤 사람은 동양인을 가게에 들였다는 이유로 직원을 자르기도 한다.

"심지어 유럽은 외국인에 대한 집단 린치나 살인도 벌어진다고. 한국에서 인종으로 인한 살인 사건이 있었다는 소리, 들어 본 적이나 있냐?"

"그건 그러네."

오광훈은 머리를 긁적거렸다.

최소한 한국에서는 인종으로 인한 살인 사건은 없었다.

"그냥 자칭 인권주의자들의 뇌피셜이야. 한국은 인종차별이 쩌니까 각성해야 한다."

"하지만 한국은 순혈주의잖아?"

"사람들이 착각하는 게, 순혈주의와 인종차별은 다르다는 걸 모르는 거야."

단일민족이라는 이름하에 뭉치는 것. 그건 일종의 문화이자 전통이다.

한국 사람들을 뭉치게 하는 일종의 구심점이고 말이다.

"하지만 단일민족이 아니라고 해서 누구를 죽여? 민족적 자존심과 인종차별은 전혀 다른 문제라고. 물론 히틀러처럼 게르만족이 아니라고 학살하면 그건 인종차별을 넘어서 인종 학살이겠지만."

"흠, 복잡한데……."

"전에 말했잖아. 공산주의의 반대는 뭐다?"

"민주주의?"

"끄응, 공산주의의 반대는 자본주의다. 민주주의 반대는 전제주의고."

"아, 몰라."

오광훈은 눈을 찌푸렸다.

하긴 그에게 있어서 그런 건 그저 복잡하기만 한 문제인지도 모른다.

"중요한 건 그런 게 아니잖아. 그렇지?"

"그래. 그 흑인이 사라진 게 문제지."

노형진은 한숨을 길게 푹 쉬었다.

사람이 이렇게 흔적도 없이 사라지는 것은 불가능에 가깝다.

심지어 그 당시에 주변을 돌아다닌 차들을 모조리 점검했는데도 찾지 못하다니.

"그냥 못 찾은 차는 없는 거야?"

"없어. 모두 확인했어. 애초에 밤 11시였다고. 그 시간에 거기를 돌아다니는 차들은 대부분 주민들의 차야."

그렇다 보니 경찰이 그 차들을 확인하는 것은 어려운 일이 아니었다.

"심지어 차들이 멈추고 탄 사람이 내리는 순간까지 추적했거든? 그런데 내린 사람은 주민뿐이었어."

"거참, 버스는?"

"그 동네는 그 시간에 버스가 안 다녀. 그리고 버스를 탔으면 벌써 걸렸지."

밤 11시에 피투성이가 된 흑인이 버스에 탄다?

아마 운전기사는 버스를 버리고 탈출해서 바로 경찰서로 달려갔을 것이다.

"거참."

노형진의 말에 오광훈은 머리를 긁적거렸다.

"뭐, 그 새끼가 어디 콕 박혀 있나?"

"그러니까 그게 어디인지 알 수 없으니까……."

노형진은 말을 하다고 문득 뭔가를 깨달았다.

"방금 뭐라고 했냐?"

"그 새끼가 어디 콕 박혀 있나……?"

"그래, 그러고 보니 그러네. 그 녀석이 만일 그 안에 콕 박혀 있다면?"

"응? 그게 무슨 소리야?"

노형진은 설명을 요구하는 오광훈을 뒤로한 채 전화를 들었다.

그리고 바로 김 형사에게 전화를 걸었다.

"김 형사님? 저 노형진 변호사입니다."

ㅡ네, 노 변호사님. 어쩐 일이십니까?

"혹시 그 녀석이 그 근처의 어떤 집에 콕 박혀 있다면 탈출할 수 있을까요?"

ㅡ지금까지요?

"네."

ㅡ그거야 가능하지만요, 현실적으로 힘들지요. 누가 피투성이 흑인을 자기 집에 들여 줍니까? 물론 인질극을 하면서 버틸 수도 있습니다만, 신고 들어온 것도 없어요.

그건 알고 있었다.

하지만 이번 사건에서 노형진은 여러모로 이상한 부분이

있다고 생각하고 있었다.

가장 큰 부분은 바로 살인 방식이다.

얼핏 묻지 마 살인처럼 보이지만 그보다는 계획범죄에 가깝다.

"만일 그 근처에 숙소를 빌려 놨다면요?"

―네?

"그러니까, 그 CCTV 반경 내에 몸을 숨길 수 있는 집을 구해 놨다면요?"

김 형사는 침묵을 지켰다.

그건 감안해 보지 못한 부분이니까.

대부분의 경우 살인이 벌어지면 그곳을 떠나기 위해 노력한다.

가령 외국인이라면 자신이 특정되기 전에 바로 한국을 떠난다. 보통은 그렇다.

'보통은' 말이다.

'하지만 반대라면?'

노형진은 오광훈의 말에서 느낌이 왔다.

만일 반대라면, 가까운 어딘가에 숨어 있다면, 그리고 그게 CCTV의 동선 안쪽이라서 다른 카메라에 찍힐 수 없는 상황이라면…….

'그러면 과연 찾을 수 있을까?'

노형진은 그렇게 생각하다가 고개를 흔들었다.

불가능하다.

현행법상 사유재산을 침해하기 위해서는 영장이 필수적이다.

물론 상대방이 협조해 준다고 하면 필요 없지만, 대부분의 경우 사람들은 경찰이 자신의 집으로 들어오는 것을 극도로 꺼린다.

"그런 상황에서 누군가가 집에 숨겨 줬다면요? 그러면 잡는 건 힘들겠지요?"

─현실적으로 불가능하지요. 영장이 있어야 들어가는데 영장은 명확한 증거가 있어야 하니까요.

판사가 단순 의심으로 영장을 주는 경우는 거의 없다.

최소한의 증거가 있어야 한다.

그리고 '집에 범죄자가 숨어 있을 것 같습니다.'라는 의심은 영장이 나오기에는 턱없이 부족하다.

─하지만 누군가가 계획한 거라면 그건 충분히 가능하겠군요.

수화기 너머 김 형사의 목소리가 진중해졌다.

그럴 수밖에 없는 게, 그건 분명 가능한 일이니까.

누군가 그를 숨겨 주다가, 이틀이나 사흘쯤 지난 후에 그를 데리고 나간다면 경찰은 추적할 방법이 없다.

이미 그때쯤이면 도망갔다고 생각해서 바깥을 뒤지고 있을 테니까.

"하지만 흑인이잖아. 그래도 눈에 띄지 않아?"

듣고 있던 오광훈도 대충 상황이 이해가 갔는지 물었다.

그 지역에서 흑인은 아무래도 눈에 띌 수밖에 없다.

노형진은 핸드폰을 스피커폰 상태로 돌렸다.

그리고 입을 열었다.

"지금 오광훈 검사와 사건을 분석 중이었습니다."

-아, 그런가요? 안녕하세요.

"네? 아, 네…… 안녕하세요."

오광훈은 핸드폰에 멋쩍게 인사를 했다.

노형진은 그런 오광훈에게 자신의 의견을 건넸다.

"물론 걸어서 도망간다면 그렇지. 하지만 살인에 대비해서 집까지 구해 둔 자들이 차가 없겠어?"

"아, 그렇겠네."

차에 태우고 나간다면 주변에 보일 일도 없다.

당연히 자연스럽게 이동할 수 있다.

"계획범죄라고 생각하면 그렇겠네."

오광훈도 쉽게 이해했다.

그건 분명 가능하다.

하지만 여전히 이해가 되지 않는 것이 있었다.

"그런데 왜 그렇게까지 하면서 윤영자를 죽인 거지?"

그녀도, 그녀의 아들도 지극히 평범한 사람들이다.

딱히 외국인과 연관될 만한 이유는 없었다.

"아, 그러고 보니 아까 이상한 게 있었는데."

"응?"

"윤영자 아들이 윤석호라고 했잖아?"

"그랬지."

"그런데 왜 아들이랑 어머니랑 성이 같아?"

─그러고 보니 그렇군요. 그다지 신경 쓰지 않았는데, 아들이 어머니랑 성이 같은 경우는 흔치 않은데요.

오광훈도, 김 형사도 의구심을 표했다.

어머니와 자식의 성이 같은 경우는 많지 않으니까.

"가끔 아버지가 누군지 모르거나 아버지의 존재를 드러내지 못하는 경우에는 그렇게 어머니 성을 따르기도 해."

"불륜?"

"뭐, 그런 경우도 종종 있지."

친부가 이미 다른 여성과 혼인 관계에 있거나 한 경우, 자식의 이름은 어머니의 호적에 올라 어머니의 성을 따르는 일도 많다.

"그래서 따로 물어보지 않았어. 보통 그런 경우는 그다지 좋은 일은 아니거든."

이혼했다 해도 일단 성은 아버지를 따른다.

그런데 아예 오르지 못했다는 것은 불륜과 같은 이유가 있을 가능성이 높기 때문이다.

"그러면 아버지 쪽이랑 문제가 있는 거 아니야?"

"그건 아닐걸."

성을 따로 쓸 정도면 아예 남남이다.

윤석호의 말에 따르면 아버지라는 존재는 본 적도 없다고 하니까.

즉 철저하게 버려졌다는 건데, 그걸 감안하면 누군가가 그들의 존재를 알 가능성도 낮고 설사 안다 하더라도 보복을 하기에는 상대방이 받을 타격도 거의 없는 수준이다.

"일단은 의심스러운 집부터 찾아보자고."

—하지만 그런 집이 한두 곳이 아닌데요.

아무리 CCTV가 촘촘하게 있다지만 집집마다 있는 것은 아니다.

그 카메라 반경 바깥의 가구 수만 해도 족히 200가구는 넘을 것이다.

"아마도 그 녀석들은 신분을 감추기 위해 노력할 겁니다. 그러니 오 검사의 말대로 CCTV의 반경 바깥으로 나가지 않았을 가능성이 높고요."

—그건 그렇습니다만.

"반대로 말하면 그들이 그 지역을 탐색했다는 겁니다. 우리나라에 CCTV 동선을 알려 주는 지도 같은 건 없으니까요."

그런 지도는 대놓고 범죄에 이용될 가능성이 높기 때문에 누구도 만들지 않는다.

즉, 일반적으로 CCTV를 피할 수 있는 방법은 스스로 탐색하는 것뿐이라는 뜻이다.

"CCTV는 정부에서 설치한 것만 있는 게 아닙니다. 가정집이나 회사 등, 개인이 설치한 것도 있습니다."

─네, 이미 개인이 설치한 것도 확인했습니다만…… 아하! 그러네요. 거기를 제외하면 동선이 확 줄겠군요.

물론 모든 집에서 다 CCTV를 설치하는 것은 아니지만 일반적으로 가게에 많이 설치하는 편이고, 현금 입출금기 같은 경우는 당연히 기본 설치 대상이다.

"그리고 오피스텔이나 아파트같이 다중 주거 시설은 거의 100% 설치되어 있다고 봐야 합니다. 그러니 그런 건물들은 당연히 피할 테고요."

그 말은 그들이 움직일 수 있는 동선이 한정된다는 것을 의미한다.

"그리고 사건이 벌어지기 몇 년 전부터 빌려 두지는 않을 테니까, 최근 3개월 이내에 그걸 구했을 가능성이 높습니다."

즉, 그 기간 내에 해당 범위 내로 이사 온 사람들을 찾는다면 의심스러운 자를 찾을 수 있을지도 모른다.

"분명 그 안의 어딘가에 있습니다."

노형진은 자신 있게 말했다.

노형진은 해당 범위를 체크하고 범인이 갈 만한 집을 찾기 시작했다.

애석하게도 김 형사 혼자서는 사건을 추적하는 데 한계가 있었기 때문에 노형진과 정보 팀도 같이 움직여야 했다.

그렇게 해서 의심스러운 곳을 네 곳 정도 찾을 수 있었다.

"앞의 세 곳은 제가 확인해 본 결과, 혐의점이 없습니다."

원룸 두 채, 주택 한 채 그리고 한 채의 빌라가 다였다.

원룸 한 곳은 학생이 살고 있었고, 다른 한 곳은 방학 기간이라 아예 비어 있었다. 그리고 빌라에는 아이를 가진 신혼 부부가 있었다.

"이 주택의 경우는 아직 아무런 정보도 없습니다."

문을 두들기고 벨을 눌러 봐도 아무런 반응도 없었다.

영장이 없다 보니 안으로 들어갈 수가 없었다.

"동사무소에 확인해 보니 전입신고도 안 되어 있더군요."

"특이하군요."

전입신고를 하지 않으면 그 집의 보증금이 보호받질 못한다.

그래서 전입신고는 필수다.

물론 가끔 원룸 같은 경우는 보증금도 얼마 되지 않고 본가가 있으니 굳이 전입신고를 하는 것도 번거로워서 안 하는 경우도 있지만, 이런 주택의 경우는 거의 100% 전입신고를 한다.

"계십니까?"

문을 두들겼지만 여전히 아무런 소리도 나지 않는 주택.

"아무도 안 사는 거 아닐까요?"

"글쎄요."

노형진은 주변을 살펴보았다.

아무리 봐도 주변에 보이는 것은 아무것도 없었다.

담도 그다지 높지 않았고 말이다.

"잠시만."

"에? 잠깐만요. 노 변호사님? 노 변호사님!"

노형진이 갑자기 후다닥 담을 넘어가자 김 형사는 당황했다.

하지만 노형진은 그의 말을 무시하고 조용히 문을 열었다.

"아니, 이러시면 어떻게 합니까? 이건 주거침입인데."

"그럴 수도 있지요."

"그럴 수도 있다니요?"

"이 정도로 사람을 불렀는데 반응이 없다는 건 둘 중 하나지요. 사람이 살지 않거나, 이 안에서 무슨 안 좋은 일이 있거나. 우리는 사람을 죽인 범인을 추적 중입니다. 그가 숨기위해 일가족을 참살했을 가능성도 분명 있습니다."

노형진의 말에 김 형사는 눈을 데굴데굴 굴렸다.

분명 그건 가능한 일이다.

더군다나 이 집은, 주변의 말을 들어 보면 이상할 정도로 사람들이 없다.

"일단 들어가 보지요."

노형진이 대문을 열어 주자 김 형사는 조심스럽게 문 안쪽으로 들어갔다.

그리고 현관으로 가서 소리를 질렀다.

"계십니까? 아무도 안 계신가요?"

힘껏 소리를 질렀지만 누구도 나오지 않는 상황.

"이상하군요. 아무리 그래도 이렇게 사람이 없나요? 다 출근한 건가? 하지만 몇 번이나 왔는데."

심지어 와서 연락을 달라고 명함을 꽂아 두기도 했다.

보통 경찰에서 명함을 꽂아 두면 연락을 하기 마련이다.

하지만 며칠 전에 꽂아 둔 명함은 문틈에서 색이 바래고 있었다.

"아예 사람이 살지 않는 것 같은데요."

김 형사의 말에 노형진은 창문 너머를 들여다보았다.

하지만 보이는 건 없었다.

대부분의 이중창문들은 바깥쪽이 불투명하게 만들어지기 때문이다.

"아무래도 이상하군요, 이렇게까지 사람이 안 다니다니. 부동산 쪽에 다시 확인을…… 어?"

노형진은 무심결에 창문에 손을 댔다가 고개를 갸웃했다.

"왜 그러십니까?"

"이 창문, 열리는데요?"

"네?"

김 형사는 고개를 갸웃했다.

현대에 보안은 중요하다. 당연히 보통은 창문을 닫고 다닌다.
그런데 창문이 열린다?

"창문을 열어 놓고 산다고요?"

더군다나 지금은 여름도 아닌 겨울이다.

대부분 난방을 위해 겨울에는 창문을 꼭 닫아 둔다. 실수
라도 열어 놓은 채 방치할 가능성은 별로 없다.

"이상하군요. 왜 창문을 열어 둔 거지요?"

노형진은 창문을 살짝 열고는 눈을 찌푸렸다.

문을 이렇게 무방비하게 열어 놓을 만한 이유가 있었다.

"아무것도 없군요. 아무것도."

텅 비어 버린 실내. 그곳에는 아무것도 없었다.

범인은 누구인가?

"완전히 당했어. 그곳에 숨어 있었던 게 분명해."

노형진은 서류를 보고는 한숨을 푹 쉬었다.

"주변에 CCTV도 없는 데다가 내부에 아무것도 없어. 집을 빌린 사람은 현금으로 보증금을 냈고, 신분증은 당연히 가짜."

즉, 추적할 건더기가 하나도 없었다.

"심지어 부동산도 CCTV가 없는 곳을 골라서 갔어."

"와, 독한 놈이네."

"그래, 그래도 한 가지는 확실해졌지. 이건 우연히 저지른 살인이 아니야. 대놓고 명백한 계획 살인이야."

"흑인까지 동원해서 살인을 한다고?"

오광훈은 혀를 내둘렀다.

물론 노형진을 죽이기 위해 해외에서 킬러를 데리고 온 놈도 있다. 그러나 노형진은 그럴 만한 가치가 있는 사람이다.

"하지만 윤영자는? 도대체 그 정도로 준비해서 살인했다는 게 난 이해가 안 돼."

현금으로 준 보증금을 찾을 수 있을 리가 없다.

수사가 들어올 수도 있으니까.

당연하게도 그런 경우에는 돈을 찾으려고 하는 대상을 특정할 수 있다.

"일반적인 경우는 현금이 아니라 계좌 이체로 거래하니까."

경찰이 그 계좌를 추적하는 것은 당연한 일일 테고 말이다.

"뭔 사건이 이따위야?"

도무지 이해가 안 된다. 원인도 없고 단서도 없다.

"심지어 그 주변에서는 흑인 비슷한 사람도 본 적이 없단다."

"경찰에서는 어떻게 한대? 흑인을 추적한대?"

"흑인이 다른 외국인에 비해 적다지만 그렇다고 한두 명 수준은 아니야."

그들을 모두 추적하는 것은 불가능하다.

하다못해 얼굴이라도 특정되면 모를까, 자신들이 알 수 있는 것은 그가 흑인이라는 것뿐이지 외모에 대해서는 전혀 알수가 없다.

심지어 머리조차도 모자로 감추고 있었다.

"이건 도무지 방법이 없어 보이는데."

이것이법이다

노형진은 머리를 긁적거렸다.

혹시나 해서 집 안에서 기억을 읽어 보았지만 아무것도 없었다. 상대방은 흔적을 남기지 않기 위해 최선을 다한 게 분명했다.

"이 정도로 자신을 감추는 사람은 흔치 않아. 전문 킬러 같은데."

"흑인 전문 킬러?"

"그래. 그런 놈이 없다고는 말 못 하지."

그러면서 노형진은 한숨을 푹 쉬었다.

"아니, 애초에 원인이나 알아야 특정을 하든가 말든가 하지."

노형진은 눈을 찡그리면서 사진을 넘겼다.

원인도 없어 벌어진 사건을, 그것도 계획 살인 사건을 추적하는 것은 절대 쉬운 게 아니었다.

"네가 머리가 좀 아프기는 한 모양이구나."

"미친 듯이."

사진을 획획 넘기는 노형진.

하지만 현장을 찍거나 CCTV를 캡처한 사진에서 범인을 특정할 만한 증거는 단 하나도 보이지 않았다. 심지어 사건 당시 입은 옷조차도 시장에서 흔하게 파는 옷으로 드러났다.

"그런데 말이야."

"응?"

오광훈은 문득 고개를 갸웃했다.

"뭔데?"

"아니, 이 사진을 보면 왠지 이상하다는 느낌 안 들어?"

"이상하다는 느낌?"

"그래. 뭐랄까, 위화감?"

"네가 그걸 어떻게 알아?"

"야, 내가 같이 뒹군 흑인 여자가 얼마나 많은데."

"뭔 개소리야?"

"아니…… 그런 게 있어."

휘휘 휘파람을 불면서 시선을 돌리는 오광훈.

노형진이 노려보면서 눈을 부라리자 오광훈은 입맛을 다셨다.

"아니…… 그러니까 나 전에, 다시 살아나기 전에 업소를 운영했거든."

"내가 그걸 몰라서 묻냐?"

조폭이 업소를 운영하지 않으면 그게 이상한 일이다.

주요 수입원이 그쪽이니까.

특히나 오광훈은 죽기 전에 그나마 양심적으로 영업하던 자들 중 한 명이었다.

"그런데?"

"아…… 그러니까, 남자들이라는 게 가끔은 색다른 뭔가를 찾거든?"

"그러니까 뭔데?"

오광훈은 머리를 긁적거렸다.

"내가 그때 그 뭐냐, 흑인 애들을 몇몇 데리고 있었거든."

"뭐어?"

"아니, 어차피 돈 버는 건 똑같은데 어때? 그 애들이 버는 돈은 돈 아니야?"

"끄응…… 그건 그렇기는 하네."

한국인 접대부를 쓰나 외국인 접대부를 쓰나, 어차피 성매매는 불법이다.

조폭이 굳이 한국인 접대부에 우선 점수를 줄 이유도 없다. 그의 말대로 오히려 희소성 측면에서는 외국인 접대부가 나을 테니까.

"자랑이다."

"아, 씁. 조폭 출신한테 뭘 바라? 최소한 난 약은 안 팔았거든!"

"그래서?"

"뭐가 그래서야?"

"아니, 그래서 뭐가 이상한데?"

"아, 그거?"

오광훈은 발끈하려다가 머리를 흔들었다.

그게 중요한 게 아니니까.

"아니, 그 애들을 보면서 느낀 게 뭐냐면, 그 애들 참 머리가 더럽더라고."

"머리가 더럽다는 게 뭐야? 안 씻는다는 거야?"

"아니, 그게 아니라, 그 뭐라고 해야 하나, 곱슬? 그래, 특히 흑인 애들은 무척이나 곱슬이 심하더라고."

"그거야 딱히 이상한 게 아니잖아. 흑인들 머리가 그런 거야 어디 하루 이틀도 아니고…… 어?"

노형진은 그 말을 듣고 그 화면에서 이상한 장면을 알 수 있었다.

너무나 일상적이었기 때문에 그다지 신경 쓰지 않은 장면.

모자 뒤쪽으로 삐쭉 나온 머리카락이 곱슬머리가 아니었다.

"그렇지? 나도 이게 이상하더라고."

오광훈은 고개를 끄덕거리면서 말했다.

"내가 흑인 여자도 만나 보고 흑인 남자도 만나 보고 했는데, 대부분 곱슬머리였어."

물론 그들 중에도 긴 생머리 스타일이 없는 것은 아니다. 하지만 그런 경우는 대부분 스트레이트로 편 것이다.

흑인들 중에서 짧은 머리나 대머리가 많은 이유가, 곱슬머리의 관리가 너무 어려워서 아예 밀어 버리는 게 편하기 때문이다.

"생머리네, 아무리 봐도."

검은색의 삐쭉 나온 생머리.

"첨부터 이상하다고 생각은 했는데…… 내가 본 건 전문적인 게 아니라서."

그래서 말을 하지 않았던 오광훈이다.

하지만 아무리 생각해도 사진이 이상했다.

"그러다가 문득 생각이 든 거야. 네가 전에 그 가면 사건 하나 해결한 적이 있잖아?"

"그랬지. 가면을 쓰고 죄를 뒤집어씌웠던…… 아…… 그러고 보니 우리가 왜 흑인이라고 생각했지?"

자신들이 흑인이라고 생각한 이유는 카메라에 찍힌 목덜미의 색 때문이었다.

누가 봐도 목덜미만 보면 그는 흑인이다.

하지만 다른 부위는 철저하게 가려져 있다.

피부가 드러난 유일한 부위가 목덜미.

"혹시나 해서 묻는 건데, 그런 식으로 변장하는 게 쉽나?"

"어렵지는 않지."

달려 있는 카메라가 고해상도를 지원하는 것도 아니고 그 카메라로 알 수 있는 수준은 그의 목덜미가 검은색이라는 것뿐이다.

그러니 적당한 수준의 분장이라면 자신들이 속을 수도 있다.

"이건 생각보다 심각한 문제인데."

노형진은 눈을 찌푸렸다.

흑인이 사람을 죽였다고 생각했다.

하지만 만일 그게 아니라면?

만일 흑인으로 범인을 특정하도록 만드는 게 진범의 목적이었다면?

"그런 경우에 상대방을 잡을 수 있을까?"

"힘들지 싶은데."

경찰도 노형진도 지난 며칠간 오로지 흑인만을 추적했다.

자신들이 그 지경인데 다른 사람들은 어떻게 생각하겠는가?

당연히 흑인이 범인이라 생각할 테고, 진짜 범인은 아예 의심 반경에서 벗어나게 되는 것이다.

"멍청하긴."

흑인으로 분장하는 것은 그다지 어려운 일이 아니다.

적당한 톤의 화장품만 있다면 말이다.

감춰야 하는 부위도 목덜미뿐이니까.

"제대로 당한 거야, 우리의 눈을 돌리기 위해서."

한국에서 흑인은 외국인일 수밖에 없다.

당연히 자신들이 외국인들을 들쑤시는 사이에 진범은 유유히 사라질 것이다.

"그러면 범인은 흑인이 아니라는 소리가 되겠군."

노형진은 심각한 얼굴로 말했다.

머리의 상태로 봐서는 아마도 한국인 같았다.

"혹시나 해서 말인데……."

"응?"

"관련 살인 사건이 더 있어?"

"관련 살인 사건이라? 아, 그렇겠네. 만일 계속 이런 식으로 일을 저질렀다면 일반적인 경우는 제대로 수사도 못 해 볼 테니까."

당연히 엉뚱한 곳만 파다가 사건은 혐의 없음, 또는 증거

없음으로 끝날 것이다.

"그래, 일반적으로는 그렇지. 그 말은 피해자가 죽음으로써 이득을 얻는 사람이 범인이라는 거지."

노형진의 말에 오광훈은 고개를 끄덕거렸다.

"한번 확인해 볼게."

⚖

며칠 후 오광훈은 무려 세 건의 사건을 가지고 왔다.

"세 건 다 살인 사건이야. 범인은 흑인이고, 공식적으로는 범인이 해외로 도주했다고 생각하고 있어."

세 건의 서류철을 건네는 오광훈.

노형진은 그걸 받아 들고는 휘리릭 넘겼다.

사건 내용은 비슷했다. 흑인이 누군가를 죽였고, 그 후에 그 흑인이 누구인지 특정하지 못한 채로 사건은 종결 처리되었다.

"그리고 사건에서 등장하는 흑인은 신체의 일부가 드러난 거고?"

"그래."

노형진은 파일을 뒤적거리면서 내용을 확인했다.

그중 한 건은 아무리 봐도 범인이 따로 있는 것 같았다.

"이건 아무래도 우리 사건과는 관련이 없어 보이네."

미결 사건이기는 하지만 남자 친구가 흑인이었고 그 후 그 남자 친구는 한국에서 사라졌다.

"아마도 남자 친구가 범인일 테고."

노형진은 그렇게 말하면서 다른 사건의 서류철을 잡았다.

"이 두 건이 애매하군."

한 건은 특정 지역 재개발 조합장의 살인 사건이었다.

똑같이 흑인이 죽었고 CCTV에 범인의 신체가 찍혔으며 사건은 미결.

"그리고 이 사건은 신문기자 살인이고, 역시나 미결."

노형진은 두 건의 사건을 뒤적거렸다.

이 신문기자의 경우에는 바른말을 하는 사람으로 유명했기 때문에 워낙 원한 관계가 많아서 범인을 특정할 수 없었다.

하지만 다른 사건, 그러니까 재개발 조합장의 사망은 이해 관계가 확실했다.

재개발 조합장은 보통 재개발에 관여할 때 특정 기업을 대변하는 경우가 많다. 그런데 그는 그런 사람이 아니었던 것으로 보인다. 철저하게 주민들의 이익을 우선시해서 재개발을 진행하려고 했다.

"어? 온성건설?"

"온성건설? 거기 대형 건설업체 아니야?"

"그렇지. 요즘 한창 뜨고 있는 기업일 텐데."

온성건설. 대기업으로, 아파트 재건축 시장에서 급속도로 성장한 지방 기업이다.

30년 전만 해도 그다지 크지 않은 곳이었으나 아파트 재건축 시장이 급속도로 성장하면서 도리어 규모가 작은 점을 이용해 단가를 낮춰서 제법 실익을 뽑아내는 기업이었다.

"원래 지방 건설사였지만 온성건설의 대표가 머리를 잘 썼지."

그는 기업을 키우는 대신에 그 지역의 건설사들과 손잡는 구조를 만들어 냈다.

일반적으로 건설사는 건설을 시작하면 그 지역 재개발을 독점하고 그 지역에서 모든 이권을 싹쓸이한다.

하지만 온성건설은 그 대신에 그 지역의 작은 건설사들과 손잡고 컨소시엄을 만들어서 들어간다.

손해 보는 짓 같지만 어차피 타 지역 회사라 그 지역에 파견 나가는 비용을 생각하면 큰 손해는 아니었다.

지역 건설사를 키운다는 이점으로 인해 지역민과 지역사회에서 좋은 반응을 얻는 데다가, 재개발이나 재건을 할 때 그 지역에 살던 주민을 우선 채용한다는 조건 때문에 지역에서도 반응이 좋았다.

사회적으로 경기가 안 좋은 한국에서 최소 5년 정도 걸리는 재건축 사업은 안정적인 일자리였고, 여건이 되면 퇴직하지 않고 다른 지역으로 가서 일할 수도 있었다.

그렇다 보니 지역민 입장에서는 온성건설이 상당히 이득이 될 수밖에 없었고, 온성건설은 건설계의 대룡이라는 별명을 들으면서 막대한 수익을 낼 수 있었다.

"이해가 안 가는데. 온성건설이 살인을 한다고?"

"그렇지?"

기자 살인 사건은 몰라도 아파트 사건에서 이득을 얻은 것은 온성건설이 맞다. 하지만 그곳은 살인을 하면서까지 아파트 재건축을 만들어 낼 기업은 아니었다.

"더군다나 그 당시의 기록에 따르면 재개발 조합장은 온성건설에 우호적인 편이었다고······."

욕심을 내지 않는 조합장의 성향을 생각하면 온성건설은 그와 아주 비슷할 수밖에 없었다.

"그런데 왜 온성건설이 그를 죽여?"

"그 당시 사건에서 온성건설이 혐의를 벗었거든."

노형진은 그렇게 말하면서 턱을 문질렀다.

"혹시 그 사건으로 이익을 얻은 기업은 없어?"

"없지."

"개인적으로도?"

"없어. 그는 개인 사업을 하는 사람이었다고."

그렇다 보니 그가 죽고 나서 이득을 본 건 경쟁사 정도뿐이었다.

"하지만 도시 자체가 달라. 기자나, 윤영자 씨 사건과는 상황이 아예 다르다고."

"이해가 안 가는데."

물론 경쟁사들이 그랬을 수도 있다.

하지만 그가 하던 개인 사업은 그냥 작은 가게 수준이었다. 수천만 원씩 들여서 전문 킬러를 고용할 여건이 안 된다.

당연히 경쟁사라고 할 만한 곳도 결국 옆집 가게 수준이고.

"더군다나 그 경쟁사들이 딱히 살인을 할 이유가 없었어."

피해자가 재건축 조합장이 되고 그쪽 일을 하면서 정작 본업에 그다지 신경을 쓰지 못했으니까.

"전형적인 오지라퍼네."

"오지라퍼?"

"자기 일보다는 남의 일을 우선시하는 사람들. 주변에서 그래서 사람 좋다는 소리를 많이 듣지."

그래서 사회적으로 성장은 할 수 있지만 개인적으로 성장은 못하는 타입.

"이러면 진짜 온성건설에서 죽일 이유가 없는데."

노형진은 머리를 긁적거렸다.

"일단은 만나 봐야겠지?"

"만나서 뭐?"

"일단 던져 보고 반응을 보자고."

노형진은 언제나처럼 그렇게 생각했다.

만일 켕기는 게 있다면 무슨 반응이라도 보이거나 최소한 기억을 읽을 수 있을 거라고 생각했으니까.

하지만 노형진의 예상과 현실은 좀 달랐다.

"뭐라고요? 윤영자?"

"네. 아십니까?"

노형진은 온성건설의 대표인 박우선에게 떡밥을 던졌다. 그가 만일 이번 사건과 관련되어 있다면 그의 비밀을 잡아내기 위해서였다.

그런데 박우선의 반응은 예상과는 사뭇 달랐다.

"어디에 있습니까?"

"네?"

"어디에 있습니까? 윤영자 씨가 어디에 있느냔 말입니다."

노형진은 눈을 찌푸렸다.

"아시면서 왜 물어보십니까? 발뺌이라도 하시려는 겁니까?"

"안다고요? 내가 알았다면 지난 30년간 그렇게 찾아 헤매지도 않았을 겁니다."

"네? 찾아 헤맸다고요?"

"그렇습니다. 제가 그 사람을 얼마나 찾아다녔는데요! 어디에 있습니까? 당장 갑시다, 당장. 김 기사, 지금부터 스케줄 다 취소해! 모조리 다!"

─네? 하지만 대표님, 오후에 장관님과 정찬이……

"아니, 필요 없으니까 취소하라고!"

박우선의 반응에 노형진은 당황할 수밖에 없었다. 발뺌하거나 자신은 그런 사람은 모른다 정도의 반응을 예상했지, 다짜고짜 만나겠다며 장관과의 약속까지 취소할 줄은 몰랐기 때문이다.

"잠시만요. 진짜 아십니까?"

"압니다. 지난 30년간 얼마나 찾았는데요? 갑시다. 어서 갑시다."

무조건 일어나서 나가려는 박우선을, 노형진은 일단 진정시켜야 했다.

"잠시만요. 가셔도 뵙지는 못합니다."

"네? 그게 무슨 말입니까? 해외에 있습니까?"

"아니요. 그게 아니라……."

노형진은 잠깐 침묵을 지키다가 천천히 입을 열었다.

상황을 보아하니 박우선이 사건에 대해 알 가능성은 거의 없어 보였다. 물론 연기일 수도 있다.

'연기인가? 하지만 일단 사실대로 말해 봐야겠다. 그럼 뭐라도 반응이 있겠지.'

노형진은 그렇게 생각하면서 천천히 입을 열었다.

"윤영자 씨는 돌아가셨습니다."

"뭐…… 뭐라고요?"

"돌아가셨습니다."

"그, 그런……."

일어나서 당장이라도 튀어 나갈 것처럼 굴던 박우선은 자리에 주저앉았다. 그리고 감정을 통제하지 못하고 얼굴을 두 손으로 가린 채 눈물을 흘렸다.

'이상한데.'

노형진은 그 장면을 보면서 이상하다는 생각이 들었다.

이건 마치 비보를 들은 유가족의 모습 같았기 때문이다.

'연기인가? 하지만 연기치고는 너무 자연스러워.'

연기를 하는 살인범들은 일단 모른다고 한다.

설사 안다고 해도 만나자는 소리는 안 하며, 저렇게 한참을 감정을 통제하지 못하고 울지도 않는다.

아무런 감정도 없는 사람을 위해, 또는 원한을 가진 사람을 위해 저렇게 우는 것은 힘든 일이다.

심지어 연기자들조차도 힘들어하는 것이 바로 우는 연기다.

'윤영자의 사망 소식을 듣고 무너져서 우는 데까지 걸린 시간이 20초도 안 돼.'

아무리 연기를 잘한다고 한들 그 시간에 감정을 바꿔서 저렇게 울 수는 없다. 심지어 배우들도 우는 연기를 촬영하기 전 10분 동안 감정을 잡는다.

즉, 진짜라는 거다.

'아니, 이 사건은 뭐가 어떻게 되어 가는 건지 모르겠네.'

노형진은 얼굴을 부여잡고 울고 있는 박우선을 가만히 바라만 보았다. 저 슬픔이 진짜라면, 지금 뭐라고 해 봐야 그에게 들리지도 않을 테니까.

그렇게 무려 한 시간을 울고 나서야 박우선은 힘들게 입을 열었다.

"그러면…… 왜 나를 찾아오신 겁니까? 설마…… 유언이라도 있나요? 왜 죽었습니까? 병이 있었나요?"

전혀 모르는 듯한 박우선의 말.

"진짜로 모르십니까?"

"아까도 말씀드렸지만 무려 30년간 그녀를 찾았습니다. 하지만 못 찾았고요."

힘겹게 말하는 박우선. 아무래도 노형진이 변호사라고 하자 자신을 찾아온 이유가 무슨 유언장 같은 것 때문이라고 생각한 모양이었다.

"죄송합니다만 그건 아닙니다. 윤영자 씨는 살해당하셨습니다."

"뭐라고요?"

박우선은 순간 얼어붙었다. 그리고 손을 부들부들 떨었다.

그렇게 한참을 떨던 그는 떨리는 손으로 냉장고에서 물을 꺼내서 들이마셨다. 컵에도 따르지 않고 아예 병째로 마시는 걸 보니 아무래도 충격이 큰 모양이었다.

"하아, 하아."

그는 거의 반병을 들이마시고는 힘겹게 입을 열었다.

"누가…… 누가 죽였습니까?"

목소리에 가득한 분노.

그 분노 속에서 노형진은 확신할 수 있었다.

그는 범인이 아니라는 걸 말이다.

"모릅니다."

"모른다고요?"

"사실 저는 박우선 씨를 의심했습니다."

"저를요?"

"네. 박우선 씨와 관련된 다른 사건 중에 비슷한 사건이 있었거든요."

"저와 관련된 비슷한 사건……? 무슨 소리입니까? 내가 살인이라도 저질렀다는 겁니까?"

"그건 알아봐야겠지요. 일단 지금은 도대체 윤영자 씨와 박우선 씨가 어떤 관계인지부터 알아야겠지만요."

"으음……."

박우선은 분노를 삼키면서 자리에 앉았다.

자신이 살인범으로 의심받는 게 당황스러운 모양이었다.

"저와 윤영자는 한때 사랑했던 사이입니다."

"한때?"

"네, 한때죠. 다만 인연이 아니었을 뿐."

박우선의 집안은 지역의 유지였다.

온성건설은 박우선의 아버지가 세운 곳으로, 지역에서는 상당히 큰 회사였다. 지금은 부자라고 하면 호화스러운 아파트에 사는 게 보통이지만, 그 시절에는 저택에 사는 것이 보통이었다.

이것이법이다

"그리고 윤영자의 어머니는 우리 집에서 일하는 식모였습니다."

"아……."

노형진은 대충 상황이 이해가 되었다.

온성건설의 박우선의 집은 부자였고 입주 식모가 있었다.

"마당 바깥쪽에 작은 쪽방이 있었지요."

윤영자의 어머니는 거기서 숙식을 해결하면서 딸인 윤영자를 키웠다. 남편이 죽은 후에 그런 직장을 구하는 게 쉽지 않았기 때문에 그녀는 최선을 다했고…….

"반갑지 않은 신데렐라군요."

같은 집에 살면서 수시로 부딪히던 박우선과 윤영자.

어찌 보면 둘 사이에 감정이 싹트는 건 자연스러운 일이었을지도 모른다. 그때만 해도 한창때의 처녀 총각이었을 테니까.

"하지만 집에서 반대하더군요."

"그랬겠지요."

한쪽은 준재벌가, 다른 한쪽은 그곳에서 일하던 식모.

결혼이라는 것은 양쪽 집안이 평등해진다는 것을 뜻한다.

외부에서 들어와도 탐탁지 않을 판국에 어제만 해도 자신들에게 밥해 주고 빨래해 주고 청소해 주던, 노비처럼 생각하던 사람이 갑자기 자기들과 평등한 사람이 되고 사돈이 된다?

지금도 제대로 먹힐 리가 없는데 그 시절에 제대로 먹힐 리가 없다.

"그렇군요."

노형진은 박우선이 왜 그녀를 찾았는지 알게 되었다.

이런 경우는 뻔하다.

집안에서 강제로 그녀를 내쫓았을 텐데, 그 시절에 그 정도 돈이 있으면 사람을 죽여 버릴 수도 있는 힘이었을 테니 모녀는 어디론가 사라지고 집안 어른들은 사태를 해결하기 위해 박우선을 강제로 결혼시키고……

"아침 드라마 같지 않습니까?"

씁쓸하게 웃는 박우선.

"그렇게 한 결혼은 행복하지 못했지요."

박우선도 그 여자도, 원해서 한 결혼이 아니었다.

아이는 한 명 낳았지만 서로가 원해서 한 결혼이 아니었기에 서로에게 소홀해질 수밖에 없었다.

"그러면 아내분은?"

"바람을 피웠더군요."

그 지역 판사의 딸이었던 그녀는 그런 상황을 버티지 못하고 바람을 피웠다. 화가 난 박우선의 집에서는 그녀도, 그녀의 집안도 박살 내 버렸다.

"그 후에 어른들이 돌아가셨습니다."

집안 어른들이 세상을 차례로 떠나고 마침내 어른이 된 박우선은 자신이 사랑했던 사람을 찾기 시작했다.

"진짜로 막장 아침 드라마군요."

노형진은 긴 한숨을 내쉬었다.

상황을 봐서는 그가 그녀를 죽일 이유가 없었다.

"내 이야기는 이제 충분한 것 같으니 다른 이야기를 들어야 겠습니다. 도대체 다른 사건에 내가 왜 연루되었다는 겁니까?"

"사실은 윤영자 씨와 같은 방식으로 살해된 사람이 두 명이 더 있습니다."

"더 있다고요?"

"그렇습니다. 재개발 지역 조합장과 기자입니다."

"조합장 사건은 기억납니다. 단순 강도 아니었나요?"

"그런 것치고는 이번 사건과 비슷한 점이 너무 많습니다."

"그래요? 하지만 기자 건은 전혀 모르겠는데요."

"그러십니까?"

노형진은 박우선의 눈치를 살폈다. 하지만 아무리 봐도 그의 눈이 거짓을 말하는 것 같지는 않았다.

"그 조합장과 관련해서 무슨 문제라도 있었습니까?"

"아니요. 전혀 없었습니다."

고개를 흔드는 박우선.

물론 노형진은 그 말을 믿지 않았다.

박우선은 회장이고, 조합장과 만날 일은 보통 없었을 테니까.

그는 몰랐다 해도 아래에서 감췄을 수도 있는 일이다.

"혹시 그 당시 기록을 제가 볼 수 있을까요?"

박우선은 잠깐 곤란한 표정이 되었다.

아무리 노형진이라고 해도 외부인. 업무 관련 정보는 회사의 기밀이니까.

하지만 이어지는 노형진의 말 한마디에 그는 마음을 굳혔다.

"어쩌면 윤영자 씨 살인 사건에 대한 정보가 있을지도 모릅니다."

박우선은 고개를 끄덕거렸다.

"바로 이야기해서 보내 드리지요."

"감사합니다."

노형진은 자리에서 일어나서 바깥으로 나가려다가 문득 멈췄다.

그러고 보니 박우선은 윤영자에 대해 전혀 모르고 있었다.

그 말은…….

'어머니와 성이 같은 아들.'

그런 경우는 아버지의 성을 따라갈 수가 없는 사람이다.

만일 윤영자가 다른 남자와 결혼했다면 그럴 이유가 없다.

그렇다면…….

"혹시나 해서 말인데……."

노형진은 몸을 돌려 박우선에게 시선을 향했다.

"윤영자 씨에게 아드님이 하나 있더군요, 윤석호라고."

"아…… 아들요? 윤석호요?"

박우선은 얼어붙었다.

"그녀가 결혼했나요?"

"그건 모릅니다. 다만 왜인지, 어머니의 성을 따랐더군요."

멍하니 서 있는 박우선을 뒤로하고 노형진은 조용히 회의실에서 나왔다.

⚖️

"확실히 문제가 될 건 없는데."

노형진은 온성건설에서 온 서류를 뒤적거렸다.

계약도 정상적이었고 업무와 관련된 내용도 정상적이었다. 딱히 이상할 것도 없었고 말이다.

"재건축 조합장의 사망 이전에도 사망 이후에도, 업무 관련해서 특이 사항은 없어. 정상적으로 운영되었어."

새론과 전문 세무사들까지 모두 동원되어 서류를 확인했지만 딱히 이상한 건 없었다.

"깔끔한데."

"넌 봐도 모르잖아?"

노형진이 핀잔을 주자 오광훈은 휘파람을 불면서 보고 있던 서류를 슬쩍 내려놨다.

"어찌 되었건 그렇게 보인다는 거지. 하여간 현 상황에서 특이 사항은 없다는 거잖아, 아파트 재건축에 관해서는?"

"그렇지."

"그러면 개인적인 건?"

"개인적인 것? 박우선의?"

"그래."

"그랬으면 벌써 알았겠지."

하지만 박우선은 전혀 모르는 눈치였다.

물론 재건축이 큰 건이기는 하지만 박우선이 하나부터 열까지 다 챙기는 건 아니니까.

"결과적으로 그는 모르고 아래에서 무마한다는 건데."

과연 그런 게 뭐가 있을까 하는 생각에 노형진은 턱을 문질렀다.

"유가족들은 뭐라고 해?"

"아는 게 없는 모양이야. 아는 게 있었다면 경찰 조사에서 나왔겠지."

흑인이 저지른 살인 사건이라고 하지만 기업은 청부라는 것도 가능한 조직이다.

당연히 그 당시 경찰이 청부에 대해서도 감안했을 테고.

"물론 기업 편에서 사건을 덮을 수도 있겠지만."

노형진은 그렇게 말하며 다음 페이지로 넘겼다. 그러다가 흠칫했다.

"왜 그래?"

"어? 이상한데?"

"뭐가?"

"아니, 잠깐. 좀 이상한 것 같아서."

노형진은 보던 페이지에 일단 표시를 해 놓고 앞으로 넘어갔다. 그리고 처음부터 찬찬히 살피기 시작했다.

"왜 그러는데?"

"이 주소, 아까 본 것 같거든."

"주소? 무슨 주소?"

"이 주소 말이야. 역시 있네."

노형진은 확실하게 알 수 있었다.

변호사라는 족속들은 대부분 기억력이 좋다. 그렇지 않으면 변호사가 될 수가 없다. 한국의 공부의 기본은 암기니까.

오죽하면 수능을 암기력 싸움이라고 하겠는가?

요즘에 와서야 분석 능력이니 어쩌니 하지만 가장 기본은 암기력이다.

"여기 봐 봐. 이 주소 말이야. 앞에서 한번 나온 주소야."

"그게 뭔 기록인데?"

"신입 선발 주소."

"신입 선발?"

"그래. 전에 기억나, 내가 해 준 말? 온성건설의 특징 말이야."

작은 기업인 온성건설이 어떤 방식으로 성장했는지 말이다.

그중 지역민들과 밀접하게 관련된 것이 있었다. 바로 그 지역민들 중에서 직원을 뽑는 방식이었다.

물론 많이 뽑을 수 있는 것도 아니기는 하지만, 그래도 그것만으로도 그 지역민들에게 돈만 밝히는 게 아니라 지역과

수익을 나눈다는 느낌을 주기에는 충분했다.

공사가 시작되면 필요한 인원이 많아지는 것도 사실이고 말이다.

"그런데 이 주소는 아까 나온 주소야."

노형진은 그 기록을 보면서 말했다.

"내가 알기로는 한 집당 한 명 이상은 절대 안 뽑아. 특혜 시비가 있을 수 있으니까. 그런데 두 명을 뽑는다? 그건 이상한 거지. 거기에다가 진짜 능력이 출중하다고 생각해서 두 명을 뽑는다면 주소를 같이 두지 따로 이렇게 두지 않거든."

"그런가?"

"그래, 그건 특수한 경우야."

노형진은 혹시나 하는 생각에 그쪽을 파고들기 시작했다.

수많은 주소들 중에서 숫자만 살짝 다른 한두 개를 골라내는 게 쉬운 것은 아니었지만, 노형진은 얼마 지나지 않아 알 수 있었다.

"확실히 주소가 겹치는 게 몇 개 있어."

그것도 한두 개가 아니라 수십 개였다.

그리고 그 숫자는 족히 백 명이 넘었다.

"이게 가능해? 보통은 불가능한데."

수십 개의 주소에서 합격자가 백 명이다.

상식적으로 이 정도 숫자가 나올 수는 없다.

"그러니까 이 사람들이 여기에서 선발되어서 취직했다는

거지?"

"그래, 심한 곳은 한 주소에서 네 명이 뽑히기도 했어. 이건 회사 내부 규정상 가능할 리가 없는데?"

노형진은 잠깐 고민하다가 눈을 찌푸렸다.

"이거…… 어쩌면 일이 커지겠는데?"

"응?"

"그 살인 사건의 원인, 찾은 것 같다."

노형진은 서류를 뚫어지게 바라보면서 말했다.

⚖

"취업 비리 말입니까?"

박우선의 얼굴이 사정없이 일그러졌다.

"그럴 리가요. 내부 규정상 한 집단당 한 명만 뽑습니다."

"알고 있습니다. 하지만 서류에서는 그렇지 않은 걸로 나오더군요."

"말도 안 됩니다."

"말이 안 되지 않습니다. 현재 취업 시장이 얼마나 얼어붙어 있는지는 아시지요?"

"그건 알지요."

실업자가 넘쳐 나고 백수가 넘쳐 난다.

직장을 구하는 게 하늘의 별 따기다.

"그런데 온성건설은 상당히 좋은 직장 중 하나지요."

억대 연봉은 아니라고 하지만 연봉이 높은 편이고 복리후생도 좋은 편이다.

기업의 구조 자체가 외부 투자가 별로 없는 형태로 성장해서, 무리해서 투자자들에게 돈을 돌려주지 않아도 되기 때문이다.

"학교 선생님 자리 하나에 1억입니다. 그런데 온성건설의 자리는 그런 자리보다 훨씬 더 좋지요."

월급도 많고 안정적이기까지 하다.

중견 기업 중 하나이고 말이다.

"백 명의 이름이 같이 있습니다. 그런데 만일 이들이 정상적이지 않은 경로로 선발된 거라면?"

"그건……."

단순히 지역 주민이라는 이유만으로 엄청난 가점을 가지고 들어오는 기업이다.

그런데 그게 정상적이지 않은 것이었다면?

"정말로 채용 비리가 있다는 소리군요."

박우선의 목소리는 떨리고 있었다.

그 자신은 몰랐으니까.

하긴 박우선은 회장이다.

그의 기업이 다른 대기업에 비해 상대적으로 작다고는 하나 그렇다고 해서 모든 것을 다 알 수 있는 것은 아니다.

"일반적으로는 그 경우에 동네 사람들은 잘 모를 겁니다."

현대에 와서 지역 주민들이 시시콜콜 개인적인 정보를 공유하는 경우는 드물다. 서로 친하게 지내기는커녕 옆집 사람 이름조차 모르는 경우가 허다하다. 같은 빌라에서 서로가 도둑이라고 생각해서 싸우다 입주민이 둘 다 죽어 버리는 게 현대에 일어나는 일이다.

더군다나 이런 취업 문제는 어찌 보면 지역민들 서로가 라이벌이다. 그러니 쉽게 서로 이야기할 수 있는 것도 아니고.

"어쩌면 그 사람, 그러니까 조합장은 이걸 안 거 아닐까요?"

"이걸요?"

"네, 보통 이런 건 사람들이 모르기 쉽습니다. 하지만 그 사람은 오지라퍼라고 하더군요."

온 동네에 참견하고 다니면서 사람들을 도와주는 호인.

그러니 다른 사람들의 경계심이 약해질 수 있을 테고, 이런저런 이야기를 들을 수 있었을 것이다.

"그리고 그런 경우에 신고한다거나 회사에 항의하려고 했겠지요."

"그런!"

그러면 회사에 심각한 타격이 온다.

그러한 방식으로 성장한 것이 바로 온성건설이다.

그런데 그 핵심이 부정되는 것이다.

당연히 누구도 온성건설을 믿지 않게 될 테고, 온성건설은 그 문제 하나만으로도 더 이상 계약을 따내지 못하고 부도가 날 수도 있는 문제였다.

"그럴 수가……."

박우선의 얼굴이 심각하게 변했다.

노형진의 말이 농담이 아니라는 것쯤은 알 수 있었으니까.

실제로 그럴 가능성이 아주 높다.

"만일 채용 비리로 들어왔다면, 걸러 낼 수 있는 방법이 있습니까?"

"있습니다. 당연하지요. 우리도 규칙이라는 게 있는데……."

그런데 작동하지 않았다.

그 말은 그 시스템이 잘못되었거나 그걸 운영하는 놈이 뭔가를 해 먹고 있다는 소리다.

"그러면 그걸 운영하는 게 누구입니까?"

박우선의 목소리가 심하게 떨리기 시작했다.

"제…… 아들입니다. 박구천이라고……."

노형진은 한숨이 푹 나왔다.

죄는 죄를 부르는 법

박구천. 박우선의 아들이다.

전 아내의 아들로, 나름 엘리트 코스를 밟아 온 사람이었다.

"하지만 욕심이 좀 과한 듯해."

노형진은 일단 박우선에게 비밀을 지키라고 했다.

박우선은 충격이 큰 듯 갑작스러운 출장을 이유로 다급하게 해외로 나가 버렸다.

그렇잖아도 이런저런 충격적인 일이 많았는데 자신의 아들이 의심스럽다는 것을 받아들이지 못한 것이다.

"박우선은 나이가 있다 보니 박구천에게 실무를 맡기면서 은퇴를 준비하는 상황이었던 모양이야."

그런데 박구천은 뒤에서 뭔가를 꾸미고 있었고 말이다,

"그걸 몰랐대?"

"자식이잖아."

자식을 의심의 눈초리로 바라보는 부모는 없다.

당연히 그가 뒤에서 몰래 뭔가를 하고 있으리라고는 꿈에도 생각하지 못했을 것이다.

"더군다나 이건 심각한 문제야."

노형진은 긴 한숨을 쉬었다.

"해 먹은 돈이 거의 100억대라고."

노형진이 특이 사항을 확인하고 나서 박우선은 최측근을 통해 관련 자료를 가지고 왔다.

그리고 그 안에서 주소가 겹치는 것만 찾았다.

지금 온성건설이 재개발을 하는 곳은 한두 군데가 아니다.

당연히 온성건설의 모든 재개발 현장에 대해 조사했는데, 그 결과 주소가 겹치는 곳에서 나온 취업자 수만 무려 이백 명이 넘었다.

"특정되었으니까 확인은 어렵지 않은데."

노형진은 그렇게 취업된 사람 중 한 명을 골라서 불러 두고 취조했다.

처음에는 딱 잡아떼던 그도 일하는 동안 받은 월급을 모조리 차압하고 손해배상 청구에 처벌까지 하겠다고 하자 결국 죄를 면해 주는 조건으로 사실대로 말했다.

"한 명 뽑는 데 최소 5천만 원에서 8천만 원이라니."

그 돈을 주면 박구천은 그를 입주민인 것처럼 서류를 꾸며서 뽑아 주는 것이 현실이었던 것이다.

그가 그렇게 뽑힌 게 벌써 5년 전이다.

지금까지 드러난 것만 해도 무려 이백 명 이상이다.

단순 계산해도 100억이라는 소리다.

"아마도 현실은 더하겠지."

최소 5천만 원이고, 이번에 드러난 사람들은 주소가 겹친 사람들 한정이다.

즉, 주소가 겹치지 않은 사람들 중에도 돈을 주고 취업한 사람이 있을 거라는 소리다.

"도대체 그 돈을 주고 취업하는 이유를 난 모르겠다."

"온성건설은 연봉이 세기로 소문난 곳이야."

평균 연봉이 대략 5천에서 6천 사이다.

"그리고 재건축이 시작되면 그 지역이 재건축될 때까지는 그 직장이 보장되지. 그리고 재건축에 걸리는 시간은 최소한 3년이고."

즉, 큰 잘못을 저지르기 전에는 해고도 당하지 않고, 거기에서 잘만 적응하면 훨씬 많은 수입을 얻을 수 있다는 소리다.

"그러니 욕심이 안 날 수가 없지."

그리고 박구천은 거기에 손댄 것이고 말이다.

"문제는 박구천이 그 돈을 어디에 썼느냐는 건데. 아니, 뻔한가, 그 외가가 문제였으니?"

박구천이 돈을 빼돌릴 이유는 많지 않다.

일단 박우선의 유일한 후계자이고, 박우선은 최소 1조 원 대 이상의 재산을 가지고 있다.

100억이 큰돈이기는 하지만 그걸 건드려서 박우선의 성질 을 돋우는 것보다는 조용히 있는 게 낫다.

"그런데 한번 망했던 외가가 지금은 엄청 잘산단 말이지."

"그 돈 때문이라고 생각해?"

"그럴 가능성이 높아. 혈육의 정이라는 것은 생각보다 강 하거든."

외가는 지역의 판사 집안이다.

하지만 박구천의 어머니가 바람을 피우면서 결혼이 파투 가 났다.

"판사 집안은 명예는 있지만 돈은 없지. 그런데 심지어 바람 피운 것 때문에 박우선의 집안에 보복당해 망하기까지 했어."

그런데 그 집안은 현재 수십억짜리 저택에서 남부럽지 않 게 살고 있다.

현실적으로 그 돈이 나올 구멍이 없는데도.

"박구천이 그렇게 빼돌린 돈을 줬다고 보기에 별로 문제가 없지."

아무리 박우선이 성격이 좋다고 해도 바람피우고 이혼한 여자의 집안까지 챙겨 줄 리가 없다.

박우선 역시 사랑 없이 결혼하기는 했지만, 최소한 결혼

생활을 유지하기 위해 노력을 했다.

하지만 그녀는 결혼한 지 3년도 되지 않아서 바람을 피웠고, 결혼 생활을 유지하기 위한 최소한의 노력도 하지 않았다고 한다.

"그리고 어머니라는 점을 이용해서 돈을 뜯어낸 거고."

노형진은 대충 상황이 그려졌다.

"그러면 살인은 그 박구천이 한 걸까?"

"그럴 테지."

그 사실을 알면 박우선이 뭐라고 하는 수준으로 끝내지는 않을 것이다.

아마도 박구천의 후계자 자리를 박탈하고 전문 경영인을 넣을 것이다.

"그러면 그 재건축 조합장은 그걸 알고 한 거라고 치고, 기자는?"

"기자가 아마 조합장보다 더 늦게 죽었지?"

"그렇지."

"그러면 그 기자가 그 사실을 안 거 아닐까?"

박구천의 살인 내용을 알았을 수도 있고, 아니면 부정한 취업 사실을 알았던 것일지도 모른다.

어느 쪽이든 간에 기자는 그걸 기사화하려 했을 테고 말이다.

"그러니 그들 입장에서는 큰일이겠지."

살인까지 드러나면 분명 심각한 문제가 될 테니까.

그러면 진짜 온성건설에는 치명타가 될 테니까.

"그러니 살인했다고 볼 수 있지."

기자들은 명확한 증거가 없는 이상에야 쉽게 주변에 이야기하지 않는다.

아마도 그 기자가 알아낸 것은 부정 취직일 가능성이 높다. 만일 살인이었다면 주변에 자신의 취재 사실을 알렸을 것이다.

"그런데 윤영자는 왜 죽인 거야? 이해가 안 가는데."

오광훈은 고개를 갸웃했다.

재개발 조합장이나 기자는 이해가 간다.

하지만 윤영자는 박구천과 아무런 관련도 없다.

심지어 박우선은 그녀가 어디에 있는지, 살아는 있는지도 몰랐다.

그런데 죽였다.

"아마도 말이지, 박우선 씨가 그녀를 찾는 게 두려웠던 게 아닐까?"

"응? 그게 무슨 소리야?"

"박우선 씨는 윤영자 씨를 무려 30년을 찾아 헤맸어. 그리고 박구천은 그걸 알고 있었던 거야. 그런데 만약 박구천이 윤영자 씨를 어떻게 찾아냈다고 쳐 봐. 그러면 어떻게 할까? 박우선에게 이야기할까, 아니면 감출까?"

"어? 아하! 그러네."

현 상황에서 재산의 상속권을 가진 사람은 그 자신뿐이다.

그런데 윤영자를 찾는 경우 박우선은 그녀와 결혼을 하려고 할 가능성이 높다.

"그러면 새엄마가 생기는 건데, 그런 경우에는 재산을 나눠서 상속하게 되지. 심지어 상속 비율은 윤영자가 더 높아. 아내니까."

그러니 박구천은 아버지에게 그녀를 찾았다고 말할 수가 없었을 것이다.

"어쩌면 윤석호 씨에 대해서도 알았을지도 모르지."

윤석호는 박구천의 형이다.

재혼하게 되면 당연히 친자 확인이 이루어져서 그 역시 아들로 인정받게 된다.

박우선이 윤영자와 자신 사이에서 태어난 아이를 인정하지 않을 리가 없다.

"그 말은?"

"재산 분배의 비율이 더 낮아진다는 거지."

그런 경우 비율은 40 : 30 : 30이 된다.

실질적으로 자신에게 오는 비율은 30%밖에 안 된다는 소리다.

"박구천 입장에서는 말도 안 되는 소리라고 생각하겠군."

"그렇지. 하지만 다른 문제도 있어."

"다른 문제?"

"자신이 저지른 범죄가 있다는 거지."

"아······."

그는 돈을 빼돌리기 위해 돈을 받아 가면서 직원을 뽑았고, 그 돈을 자신의 어머니에게 줬다.

만일 그걸 알게 된다면 박우선은 박구천에게서 경영권을 박탈할 것이다.

윤석호라는 대안이 생긴 셈이니까.

"그리고 그 상황에서 기업에 끼친 손해를 보상하라고 하면 박구천은 파멸이지."

노형진의 머릿속에서는 대충 그림이 그려졌다.

"흑인을 이용한 세 건의 살인. 머리가 좋아. 진짜 흑인이 아니라 흑인처럼 꾸미다니."

오광훈의 지적이 아니었다면 그는 여태껏 흑인을 추적하면서 외부에서 데리고 온 킬러라고 생각했을 것이다.

실제로도 그랬고 말이다.

"그러면 이제 어떻게 하지? 그걸 신고하면 되나?"

"그건 안 될 말이지."

노형진은 고개를 흔들었다.

"우리가 가진 것은 다 의심일 뿐이야. 증거가 없어. 그가 킬러를 고용했다는 것도, 증거는 없어."

"부당 고용은?"

"그건 지적할 수 있겠지. 하지만 그런다고 해서 박구천이 타격을 입을까? 거의 입지 않을걸."

박구천은 어찌 되었건 박우선의 아들어다.

기업이 욕먹기는 하겠지만, 잠깐 욕먹고 그만일 가능성이 높다.

"이번 사건의 경우는 돈을 받고 직원을 고용한 게 문제이기는 하지만 어찌 되었건 그 돈을 자기 부모에게 준 거란 말이지."

그러니 재판부에서는 100% 제멋대로 선처를 때릴 것이다.

더군다나 그 어머니의 집안은 당장 법조계 사람들이다.

그러니 팔이 안으로 굽는 것은 너무나 당연한 일.

"그러니 그걸로 밀어붙이기는 애매해."

당연하게도 의심만으로 고발해 봐야 도리어 이쪽이 무고로 고소당할 것이다.

"증거라……."

오광훈은 턱을 문질렀다.

확실히, 증거가 없으면 고발은 힘들다.

특히나 살인 같은 경우는 가장 중요한 것이 증거다.

하지만 박구천은 간접적으로 살인을 지시했고 그건 증거 없이 어떻게 할 수 있는 게 아니다.

"확 때려죽일 수도 없고."

오광훈은 기분 나쁘다는 듯 툴툴거렸다.

"차라리 그들이 움직이게 하는 게 어떨까 싶어."

"응? 그게 무슨 소리야?"

"현재 박구천은 자신이 수사 대상인 걸 모르고 있어."

여기까지 추적한 것은 오로지 노형진과 오광훈뿐이고, 경찰은 여전히 감을 잡지 못하고 있다.

"즉, 흑인인 척하면서 살인을 저지르는 방식이 아직은 쓸 만하다는 거지."

"음……."

"그러니까 다른 방법을 쓰는 거야."

"다른 방법?"

"그래. 박구천은 어째서인지 윤석호에게는 손대지 않았어. 윤영자만 죽였지. 그 말은, 윤석호에 대해 모르거나, 윤석호 본인은 자신이 박우선의 아들임을 모르고 있다는 걸 안 거지."

어느 쪽이든 박구천은 양쪽 다 죽이기에는 부담이 클 수밖에 없다.

모자가 같은 방식으로 죽으면 언론에서 달라붙을 테니까.

"그러니까 윤석호가 그걸 알고 접근하는 방식으로 꾸미면 될 것 같아."

"하지만 어떻게? 윤영자 씨는 이미 돌아가셨잖아."

"유언장."

"아, 유언장. 그러네. 꼭 드라마에서 보면 유언장에 쓸데 없는 말을 남기더라."

특히나 이런 출생의 비밀 같은 경우는 꼭 유언장에 써서 알려 주곤 한다.

"물론 현실적으로는 그런 경우는 거의 없지만."

그 출생의 비밀을 가지고 가는 경우 대부분의 경우는 받아 들여지기는커녕 조용히 '숙삭'되는 경우가 더 많다.

애초에 받아들여 줄 인간이었다면, 살아생전에 찾아갔어 도 받아들여 줬을 것이다.

그런데 부모가 그걸 감춘다는 것은, 그게 드러나면 도리어 보복이 들어오기 때문이다.

"그러니까 윤석호 씨가 박우선 씨를 찾아가게 하는 게 최 선일 거라 생각해. 적당한 핑계는 유언장이지."

"하지만 박우선 씨는 지금 한국에 없잖아."

너무나 큰 충격에, 그는 혹시나 박구천에게 자신이 안다는 걸 들킬까 봐 해외로 나가 있는 상황.

"그러니까 가능한 거지. 만일 윤석호가 회사에 찾아가서 윤영자 씨의 유언장이라면서 종이를 흔들어 보이면 박우선 이 안 만나겠어?"

"아하!"

당연히 만나려고 할 것이다.

하지만 당장 박우선은 없다. 그러면 윤석호는 나중을 기대 하는 수밖에 없다.

"그리고 그 나중이 오면 박구천은 위험해지는 거지."

상속권뿐만 아니라 살인 부분도 걸릴 수가 있게 된다.

당연하게도 그는 아버지인 박우선이 오기 전에 어떻게 해서든 사건을 처리하려고 할 것이다.

"그 킬러를 써먹겠군."

"그럴 거야. 지금까지 계속 문제가 없었으니 당연히 이번에도 문제가 없으리라고 생각할 가능성이 높지."

노형진은 그렇게 말하며 고개를 끄덕거렸다.

"그리고 그런 걸 시킬 만한 사람이 많겠어?"

결국 한 명뿐이다, 지금까지 해 온 그놈.

"과연 그놈이 누군지 알아보자고, 후후후."

⚖

윤석호가 사는 곳은 윤영자와 사는 곳과 달랐다.

윤석호는 분가해서 살아가는 중이었기 때문에 범죄의 현장을 새로 특정해야 했다.

"동선 오케이."

"현장 오케이."

"주변의 빈집은?"

"주변에 CCTV의 동선에서 벗어난 빈집은 세 채뿐입니다. 그런데 그중 두 개는 노 변호사님이 단기 임대했으니 결국 하나뿐입니다."

그들의 범죄 행동 패턴을 알고 있으니 그들의 입맛에 맞는 구도를 만들어 주는 것은 그다지 어려운 일은 아니다.

기존 CCTV 위치를 확인하고 아무래도 부족하다고 생각되는 곳에는 가짜 CCTV를 설치했다.

결과적으로 그들이 덮칠 수 있는 현장을 봉쇄하는 것은 어렵지 않았다.

"여기가 제일 좋은 위치야. 일단 주변에서 보이지 않고 늦은 밤에 사람들도 안 다니고."

노형진은 그러면서 고개를 돌려서 전신주를 바라보았다.

"CCTV도 있고 말이지."

그들은 CCTV를 피해서 다니지만 정작 살인 자체는 CCTV 반경 내에서 했다.

목적은 뻔하다.

살인을 할 때 경찰에게 범인이 흑인이라는 것을 못 박기 위해서다.

중요한 것은 살인이 벌어진 현장에서 자신들이 빌린 집으로 가는 길에 CCTV가 없어야 한다는 것.

"어…… 잠시만요."

동선을 확인하면서 기다리던 김 형사는 갑자기 핸드폰이 울리자 잠깐 통화하더니 환한 얼굴로 다가왔다.

"그 집, 방금 나갔답니다."

"나갔다고요?"

"네, 30대 남성이 와서 월세로 임대했답니다. 현금으로 돈을 냈고요."

"보증금 500만 원을?"

"네."

노형진은 주먹을 불끈 쥐었다.

"드디어 잡은 것 같군요."

늦은 밤. 윤석호는 힘없이 퇴근하고 있었다.

얼마 전 온성건설에 갔다 왔지만 그의 아버지라는 사람은 만나지 못했다.

아니, 경비원에게 끌려 나와 패대기쳐졌다.

사람들은 미친놈 보듯 하고 말이다.

사실 어느 정도 재벌이 되면 가끔 이런 미친놈들이 등장하기 마련이기에 누구도 그에게 그다지 신경 쓰지 않았다.

"후우."

윤석호는 피곤한 듯 얼굴을 문질렀다.

늦은 밤, 야근까지 하고 나와서 그런지 길에는 사람이 별로 없었다.

몇몇 사람들이 스치고 지나갔지만 대부분 얼굴에는 피곤이 가득했다.

"그래…… 소송을 걸자. 소송을 걸면 유전자 검사를 안 할 수가 없겠지."

그는 그렇게 중얼거리면서 자신의 집으로 향했다.

그렇게 얼마나 갔을까? 그가 막 어떤 가로등 아래로 들어가는 그때였다.

뒤쪽에서는 움직이는 소리가 들렸다.

하지만 윤석호는 모른 척했다.

물론 그게 쉬운 건 아니었다.

'꿀꺽.'

윤석호는 최대한 모른 척하면서 앞으로 나아갔다.

뒤쪽에서 따라붙는 누군가의 빠른 발소리, 그리고 두려움.

물론 안전을 위해 방검복을 입고 있다지만 그래도 두려운 건 두려운 것이었다.

뒤에서 따라오는 발소리가 커지는 그때 갑자기 비명 소리가 들려왔다.

"끄아아악!"

윤석호는 다급하게 뒤를 돌아보면서 몸을 날렸다.

그러자 웬 남자가 칼을 떨군 채로 부들부들 떠는 것이 보였다.

구석에서 튀어나온 남자가 그에게 스턴건을 쏜 것이다.

"끄르륵!"

"잡아! 제압해!"

그가 바닥에 쓰러지자 사방에서 사람들이 쏟아져 나왔고 누군가 윤석호를 당겨서 안전한 곳으로 빼냈다.

"뒤쪽으로 피해 계십시오!"

"잠시만요! 전 저놈의 얼굴을 봐야겠습니다!"

윤석호는 그런 경찰의 손을 뿌리치면서 도리어 앞으로 나갔다.

자신을 죽이려고 한 남자.

그리고 자신의 어머니를 죽인 남자.

"끄르륵."

"이놈입니까?"

바닥에 쓰러진 채 침을 질질 흘리고 있는 남자.

그는 참으로 기괴했다.

얼굴과 목의 피부는 분명 시커멓다. 그런데 말려 올라간 옷 아래 드러난 피부는 다른 한국인처럼 누런색이었다.

"이 개새끼."

윤석호는 침을 질질 흘리는 남자의 얼굴에 발길질을 했다.

그러자 몇 개의 이빨이 허공으로 튀어 올랐다.

"이 개새끼! 죽어! 죽어!"

"진정하세요. 그러다 진짜 죽습니다."

경찰은 그런 윤석호를 말리며 끌어당겼다.

"죽일 겁니다! 죽일 거예요!"

"아직 죽여서는 안 됩니다! 이놈을 취조해서 범인을 잡아야 합니다! 이놈은 그저 도구일 뿐입니다! 진범을 잡아야지요!"

"크흑……."

윤석호는 눈물을 흘리면서 끌려 나갔다.

노형진은 그런 그를 물끄러미 바라보다가 바닥에 쓰러진 남자에게 다가갔다.

"그래서, 누가 시켰어?"

"퉤!"

하지만 대답 대신에 날아온 것은 피가 섞여 있는 침이었다.

노형진은 그걸 피하고는 피식 웃었다.

"그렇지. 네가 쉽게 이야기할 리가 없지."

노형진은 수갑이 채워진 범인의 멱살을 잡아 올렸다.

"나름 머리 잘 썼더라, 흑인으로 위장해서 다른 쪽으로 시선을 돌리다니. 아예 인종이 다른데 누가 한국 사람을 의심하겠어?"

노형진은 범인을 보면서 히죽 웃었다.

"그래서 누가 시켰어?"

"아무도 안 시켰다."

그는 아무것도 모른다는 듯 말했다.

노형진은 흑인으로 분장한 범인의 얼굴을 바라보았다.

그리고 싱긋 웃었다.

'이건 예상외인데?'

당연히 박구천이 범인일 거라 생각했다.

물론 박구천이 범인이 맞았다. '어떤 면'에서는 말이다.

"오시라가 시키드나?"

"뭐?"

그 순간 범인의 얼굴이 움찔했다.

노형진은 그 미세한 움직임을 놓치지 않았다.

아니, 애초에 그의 기억을 읽는 상황에서 그가 말을 하지 않는다고 진실이 감춰질 수는 없었다.

"오시라가 시키드나? 윤영자의 목으로는 부족하니 윤석호의 목까지 따 오라고?"

"그게 누군데? 난 몰라!"

"오시라를 몰라? 그러면 오상신은 알겠지?"

"……."

지금까지는 모른다고 딱 잡아떼던 범인은 노형진의 말에 입을 다물었다.

"내가 몰라서 너한테 묻고 있다고 생각해? 어디서 나타날지 어떻게 할지 다 알고 기다리고 있었는데? 네놈이 흑인으로 꾸민 이유도, 그렇게 꾸미도록 아이디어를 준 게 누구인지도 알아."

"……."

범인은 말을 하지 않고 그저 노형진을 노려볼 뿐이었다.

하지만 그의 눈에는 다급함이 가득했다.

"오시라와 오상신이 네놈 뒤에 있다는 것쯤은 알지, 김종인."

"그, 그걸…… 어떻게……?"

"이름을 김상수로 바꾼다고 해서 김종인이라는 흔적이 사라질 거라 생각한 거야? 공식적으로 한 건의 살인 그리고 비공식적으로 세 건의 살인과 한 건의 살인미수. 더 해 줄까?"

노형진은 그렇게 말하면서 잡고 있던 김상수를 놔줬다.

"모든 건 다 알고 있다. 이제 너에게 선택지는 하나뿐이지. 진실을 말하고 감형을 받든가, 아니면 입을 다물고 다 같이 지옥으로 가든가."

"우, 웃기는 소리……!"

그런데 김상수는 그저 웃을 뿐이었다.

노형진은 그걸 보고 그가 무슨 생각을 하는지 알아차렸다.

'어차피 자기는 끝장이라 이거군.'

얼굴은 웃는 듯했지만 김상수는 부들부들 떨고 있었다.

그는 노형진을 본 게 지금이 처음이다.

그런데 그 모든 걸 알고 있다는 사실에 충격받은 듯했다.

"난 몰라!"

하지만 그는 입을 다무는 걸 선택했다.

무려 세 건의 살인이다.

순순히 자백한다고 해도 무기징역은 피할 수 없다.

당연히 전처럼 조기 석방은 꿈도 못 꾼다.

'그러니 입을 다물겠다 이거겠지.'

차라리 입을 다무는 게 유리하니까.

그래서 오시라와 오상신을 감출 수 있다면, 도리어 그걸 약점으로 잡아서 감옥에서 편하게 지낼 수 있을지도 모른다.

이게 김상수의 생각이었다.

'이런 식이면 곤란한데.'

노형진은 아차 싶었다.

대부분의 사람들은 감옥을 두려워한다.

그래서 감옥에 가지 않으려고 하고, 감옥에 간다고 해도 형량을 줄이려고 한다.

하지만 살인범인 김상수는 그런 게 없다.

살인을 하고 싶어 하는 미친놈이었고, 그래서 이용당했다.

그는 감옥을 두려워하지도 않고, 또 살인에 대한 죄책감도 없다.

어차피 끝장난 인생, 감옥 안에서라도 멋지게 살고자 하는 것이다.

'문제는 그게 불가능하지 않다는 거지.'

감옥에서 사형수와 무기징역수, 그러니까 종신형은 건드리지 않는다.

어차피 나갈 가능성이 없으니 건드려 봐야 그놈이 미쳐서 날뛰면 손해 보는 건 자신이기 때문이다.

'그리고 이놈은 이미 한번 살인으로 감옥에 갔다 왔어.'

그래서 누구보다 그걸 잘 안다, 그 안에서는 백 명을 죽이든 1천 명을 죽이든 누구도 자신을 건드리지 못한다는 것을.

한국은 실질적으로 사형 폐지국이라 사형을 집행하지 않는다.

사형을 집행할 때는 법무부 장관의 허가가 필요한데, 애석하게도 미친놈 한 명에 대한 사형 허가만 나오지 않는다.

사형 허가는 보통 현재 대기 중인 모든 사형수들에 대한 집행을 승인할 때나 한다.

문제는 그 숫자가 워낙 많은 데다 사람을 죽인다는 점에서 사람들이 꺼린다는 것이다.

아무리 극악무도한 놈들이라고 하나 자신의 명령으로 사람이 죽는 건 결코 반가운 일이 아니다.

'그리고 외국도 문제고 말이지.'

사람들은 보통 사형 문제는 각국의 문제라고 생각한다.

하지만 소위 인권국이라는 곳들은 그 문제를 그렇게 생각하지 않는다.

가령 프랑스 같은 경우는 인권 문제로 타국의 사형 집행에 극렬하게 항의하는 국가 중 하나로 알려져 있다.

물론 사형 문제 하나 가지고 단교까지 가지야 않겠지만, 어찌 되었건 범죄자 몇 명 죽이겠다고 프랑스와의 관계를 경색시키는 것은 정치인들 입장에서는 그다지 좋은 선택은 아니라고 보일 수밖에 없다.

물론 그런 인권 타령에 대해 노형진은 나름대로 개소리라고 생각하고 있지만.

'다른 곳도 아니고 프랑스가 인권 문제로 사형을 반대한다니 참 웃긴 일이야.'

프랑스의 감옥의 상태는 유럽과 선진국 중에서도 최악을 달린다.

프랑스의 감옥에 비하면 한국의 감옥은 모텔이라고 봐도 무방하다.

그런데 그런 곳에서 인권 타령이라니.

물론 좋은 점은 있다.

한국은 워낙 감옥에서의 생활이 편하니까 김상수처럼 생각할 수 있다, 감옥에서 왕 노릇을 하겠다는.

하지만 프랑스의 재범률은 극도로 낮은 편이다.

기본적으로 지옥이니까.

"할 수 없지."

노형진 어깨를 으쓱했다.

자신이 할 수 있는 협박은 여기까지다.

더 이상 협박하려면 다른 사람이 필요하다.

"오 검사, 나 좀 잠깐 보지."

노형진은 구석에서 사건을 확인하는 오광훈을 불렀다.

"어? 왜?"

"아니, 사실은 이런저런 문제가 있어서."

노형진은 오광훈에게 사정을 설명했다.

그러자 오광훈이 피식 웃었다.

"그러니까 저 새끼가 오줌 좀 지리게 만들어야 한다 이거지?"

"그래. 너도 알다시피 사형이나 무기징역은 무서울 게 없잖아."

그들은 심지어 간수조차도 무서워하지 않는다.

어차피 나가지 못한다는 걸 아니까.

"흠."

"네가 경험이 있잖아. 어떻게 겁 좀 줄 방법 없을까?"

"겁이라······."

오광훈은 잠깐 고민하다가 피식 웃었다.

"방법이 있기는 하지."

"어떻게?"

"잠깐 나랑 대면 좀 시켜 주면 될 것 같네."

"그건 당연히 네가 해야지. 네가 검사인데 왜 나한테 그래?"

"아, 그랬지."

오광훈은 고개를 끄덕거리더니 김상수가 있는 쪽으로 향했다.

그리고 그를 경찰차에 태우고는 잠시 이야기를 나눴다.

그렇게 대략 20분쯤 지났을까.

김상수의 얼굴은 새파랗게 질려 있었고, 오광훈은 웃으면서 노형진에게 다가왔다.

"그래서 누가 시켰다고?"

"오시라와 오상신이 시킨 게 맞습니다."

격하게 고개를 끄덕거리는 김상수.

"좋아, 좋아. 그런 식으로 진실을 이야기하란 말이야. 무슨 뜻인지 알지?"

"알겠습니다."

"오케이."

오광훈은 웃으면서 그의 뒤통수를 툭툭 치고는 그를 다른 경찰에게 보냈다.

그리고 노형진에게 돌아와 물었다.

"도대체 오시라와 오상신이 누구야?"

"아니, 난 네가 뭐라고 했는지가 더 궁금한데? 아예 얼어붙었다?"

"아, 나부터인가? 간단해. 특별히 방을 하나 꾸려 준다고 했지."

"뭐? 무슨 방?"

오광훈은 씩 웃으면서 김상수 쪽을 바라보았다.

"저 새끼 엉덩이, 겁나 예쁘게 생기지 않았냐?"

"아……."

"감옥에 가면 저런 새끼들이 꼭 있어."

오광훈은 어깨를 으쓱하며 말했다.

"강한 척하면서 뭐든 해 보려고 하거든. 방장만 되어도 그 안에서 권력을 잡으려고 발악하는 거지."

"그런데 그걸 저렇게 쉽게 포기한다고?"

"내 경험상 저런 새끼들은 사지를 붙잡고 후장 몇 번 뚫어주면 그때부터는 눈도 못 마주쳐."

강간은 영혼의 살인이라고 한다.

그건 남자도 마찬가지다.

도리어 사회에서는 타깃이 되기 어려운 남자이기에 더욱 타격이 크다.

강간이라는 것은 단순히 육체에 관련된 문제가 아니다. 자신의 존엄에 관한 문제다.

강간을 당하면 인간의 존엄이 무너진다.

자신이라는 존재가 사람이 아니라 단순 성욕 해소용의 물건이 되는 셈이니까.

더군다나 남자가 피해자인 경우는 그 문제와 더불어 성적 정체성의 문제까지 엮이게 된다.

남자들에게 남자다움이란 단순히 허세가 아니라 존재의 가치이기에 그게 무너지면 삶 자체가 부정당하는 셈이 된다.

특히나 김상수처럼 강한 척하는 자들에게는 더더욱 그렇다.

"더군다나 방 전부가 게이라고 하면 미치고 환장하는 거지."

한두 명에게 보복할 수는 있다.

하지만 밤마다 강간당하면, 남자는 자신의 남성적 인격권을 부정당한다.

"저런 식으로 폼 잡으면서 거들먹거리는 놈들은 그렇게 하면 아가리 닥치더라고."

히죽 웃는 오광훈을 보면서 노형진은 혀를 끌끌 찼다.

확실히 오광훈은 노형진보다 무식할지 모르지만 경험적인 대응법은 잘 알고 있었다.

"그런데 아까 말한 오시라와 오상신은 누구야?"

"오시라? 박구천의 엄마."

"아, 그랬구…… 뭐?"

노형진의 말을 듣고 고개를 끄덕이던 오광훈이 한 박자 늦게 뒤통수를 맞은 듯한 표정으로 노형진을 쳐다보았다.

"박구천의 엄마? 그년이 왜 갑자기 튀어나와?"

노형진은 한숨을 쉬었다.

"간단한 게 문제였던 거지. 박구천은 부자야. 그리고 박우선과 온성건설은 바르게 성장한 기업이고."

사업가의 아들이 직접 살인범과 접촉할 방법은 없다.

설사 있다고 해도 기업 차원에서 음지에서 일하는 부하를 시키지, 사장이나 사장 아들이 직접 접촉하지는 않는다.

"그런데 박우선의 성격상 그런 비선 조직은 없다고 봐야 하거든."

"뭘 이야기하는지 알겠네. 박구천이 살인범과 만나서 누군가를 죽여 달라고 하기에는 너무 접점이 없다는 거 아니야?"

"그렇지."

대리 살인을 해 준다는 흥신소는 사실 좀 된다.

하지만 대부분의 그런 흥신소는 사기꾼이다.

살인을 청탁하면서 주는 돈을 신고하거나 되찾을 수 없기에 돈을 뜯어먹고 잠수 타는 게 보통이다.

"그런데 박구천은 살인범과 접촉했지, 그것도 돈을 받고 살인을 해 주는 놈과."

"으음……."

"사실 그래서 의심은 하고 있었어. 과연 그 살인범을 어디서 구했을까 하고."

우연으로 만나기에는 킬러라는 직업은 너무 숫자가 적고 또 그걸 드러내지도 않는다.

"그러니까 우연은 아니란 말이지."

즉, 누군가는 그를 소개시켜 줘야 한다는 거다.

그게 가능한 사람이 누가 있을까?

"오시라는 박구천의 엄마지. 박구천 덕분에 100억대 이상의 재산을 만들었어. 그런데 그 돈을 빼앗길 상황이라고 하면 어떻게 하겠어?"

"하지만 오시라라고 해서 살인범을 알까?"

"모르겠지. 하지만 오상신은 알겠지. 판사니까. 오시라의 아버지거든."

"아하!"

살인을 판결하는 판사다.

그리고 어렵지 않게 재판 기록에 접근할 수 있는 사람이기도 하다.

당연히 킬러를 고용하는 것은 어려운 일이 아닐 것이다.

초반에 의심은 좀 하겠지만 그것만 넘어가면 킬러는 쉽게 고용할 수 있다.

실제로 법을 집행하는 자가 그렇게 얻은 정보로 킬러나 도둑을 고용하는 경우가 종종 있으니까.

"그 둘이라면 박구천과 짜고 어떻게 해서든 사건을 덮으려고 하겠지."

무려 100억대 재산을 해 먹었고, 계속하면 더 많은 돈을 벌 수 있다.

더군다나 박구천이 온성건설을 물려받게 된다면 당연히 그 돈도 사실상 그들의 돈처럼 쓸 수 있다.

"판사가 살인 청부라……."

"안 할 것 같아?"

"아니. 너무 당연히 할 것 같은데?"

오광훈은 피식 웃으며 말했다.

"일단 만나 보면 알겠지."

⚖

"그놈이 잡혔다고요?"

"그래, 경찰서에 잡혀갔다고 하더구나. 지금은 입을 열지 않고 있는 모양이지만."

늦은 밤, 오씨 집안에서는 심각한 이야기가 계속되고 있었다.

그들이 고용한 킬러가 현장에서 잡혔기 때문이다.

"그 녀석이 입을 열 가능성이 높아요, 할아버지?"

"그럴 가능성은 높아 보이지 않는다. 그 녀석도 인생이 막장인지라."

말은 그렇게 했지만 사실 오상신은 확신을 하지 못했다.

세상에 믿지 못할 자가 범죄자라는 것을 누구보다 가장 잘 알기 때문이다.

"도대체 어떻게 거기서 잡은 거지?"

오상신은 살인을 꾸미기 위해 자신의 경험을 총동원했다.

사건을 흐리고 추적을 막기 위해 범인을 흑인으로 꾸며서 보냈고, 그래서 지금까지 단 한 번도 특정되지 않았다.

그런데 이번에는 잡혀 버렸다.

그것도 우연히 잡은 것도 아니고 아예 함정을 파고 기다리고 있었다.

"그 녀석이 잡힌 게 문제가 아니야."

문제는 김상수가 입을 열었을 때다.

그에게 맡긴 사건이 무려 세 건이다.

그런데 그걸 나불거리면 문제가 심각해진다.

"엄마, 그러면 어쩌지요?"

"글쎄다. 그 녀석을 어떻게 할 수도 없고."

눈을 찌푸리던 오상신은 갑자기 온 전화에 흠칫했다.

그리고 핸드폰을 바라보고는 고개를 갸웃하더니 전화를 받았다.

"어, 날세. 이 시간에 어인 일인가? 뭐? 나보고? 그 녀석이? 미쳤군."

상대방이 뭐라고 하는지 모르겠지만 시시각각 오상신의 얼굴은 붉어지고 있었다.

"알았네. 그 녀석의 변호는 내가 담당하기로 하지. 안 해도 그만이기는 하지만, 이제는 판사도 아니니 상관없겠지. 그렇게 알고 있겠네."

그가 전화를 끊자 박구천과 오시라의 시선이 오상신에게 향했다.

"아빠, 뭔데요?"

"할아버지, 무슨 일인데요?"

"김상수 그놈이 변호사로 나를 지목했다는구나."

"변호사로요?"

"그래, 안 꺼내 주면 입을 열겠다 이거지."

오상신은 눈을 찌푸렸다.

거절하고 싶지만 거절할 방법이 없었다.

"어쩔 수 없이 이번 사건은 내가 해야겠구나."

사실 각오는 하고 있었던 일이다.

하지만 어쩐지 불안감은 사라지지 않았다.

오상신은 변호사로서 김상수를 만나러 갔다.

"아이고, 판사님. 오랜만에 뵙습니다."

"장난하는 겐가?"

오상신은 불편한 얼굴로 김상수를 노려보았다.

"왜 이러십니까? 저에 대해 잘 아시는 분이 변호를 해 주셔야 저도 나갈 가능성이 높아지지요."

"말장난은 그만두도록 하지."

오상신은 그렇게 말하고는 주변을 둘러봤다.

그는 의심이 많은 판사 출신이다.

혹시나 함정일 수도 있다는 생각에 주변을 경계할 수밖에 없었다.

"멍청하게 이럴 텐가?"

"뭘요?"

"네놈이 뭘 어떻게 해야 하는지 몰라서 물어?"

목소리를 줄이고 나지막하게 말하는 오상신.

다행히 변호사와 피의자가 만나는 공간은 어떠한 녹음기나 녹화 장비도 허용되지 않는다.

그러니 이야기가 새어 나갈 가능성도 낮았다.

'혹시나 했지만.'

혹시나 김상수가 그쪽으로 넘어가지 않았을까 하는 걱정

을 하기는 했지만 다행히 그런 흔적은 보이지 않았다.

죄수복은 뭔가를 감추기에는 티가 너무 많이 난다.

"네놈이 입을 나불거리지 않아야 한다는 것쯤은 알 텐데?"

"알지요. 하지만 나 말고 다른 놈이 나불거리는 건 조심했어야지요."

"그게 무슨 소리야!"

"그 오광훈이라는 검사 녀석이 다 알고 잡은 겁니다."

"뭐?"

오상신은 흠칫했다.

오광훈. 들어 본 이름이기는 하다.

검찰과 법원에서도 머리 아파하는 꼴통이라고 했다.

그냥 꼴통이면 자르면 그만인데, 또 능력이 있어서 자르기도 애매한 상황이라고 했다.

"그 새끼가 다 알고 와서 취조했습니다. 판사님과 따님 그리고 손주분 문제까지요."

"설마…… 이런 미친 새끼가! 다 나불거린 거야?"

"전 말 안 했습니다. 하지만 그 녀석이 다 알고 있었다니까요!"

오상신은 정신이 아찔했다. 다 알고 왔다니?

하지만 이내 머리를 흔들고 정신을 바로잡았다.

'아니야. 다 아는 것은 아닐 거야. 그 꼴통 새끼가, 증거가 있었다면 벌써 잡으러 왔겠지.'

그런데 아직도 잡으러 오지 않았다.

심지어 영장도 청구되지 않았다.

그는 그런 경험이 많다.

'심증은 있지만 물증은 없다는 거군.'

오상신은 거기까지 생각이 미치자 머리가 미친 듯이 돌아갔다.

"뭘 원하는데?"

"그 새끼 좀 처리해 주쇼."

"뭐라고? 이 미친 새끼가!"

"그 새끼가 입을 나불거리면 나는 영원히 감방이야. 당신한테 받은 돈 쓰지도 못하고. 이런 판에 내가 가만히 있을 것 같아?"

"그, 그건……."

"그 새끼만 처리되면 나 잠깐이면 나가요. 그때부터는 우리 서로 갈 길 갑시다."

틀린 말은 아니다.

그가 입을 열지 않으면 다른 세 건에 대한 살인은 경찰이나 검찰이 결코 알 수 없다.

그 말은 김상수가 걸리는 죄목은 살인미수 정도라는 것이다.

게다가 단순 강도 미수로 한다면 형량은 더더욱 낮아질 것이다.

"내가 여기서 입을 여는 게 싫으면 그 새끼를 처리하는 게 좋을 겁니다."

"끄응……."

오상신은 이를 악물었다.

⚖️

"오상신은 너를 건드리려고 할 거야."

섣불리 김상수를 건드리려고 하지는 않을 것이다.

김상수가 오광훈의 협박에 굴복해서 입을 나불거리기는
했지만 애석하게도 그걸 법정에서 써먹을 수는 없다.

만일 그걸 법정에서 써먹는다고 해도 김상수가 협박 때문
에 어쩔 수 없었다는 한마디만 하면 사건은 뒤집어진다.

"상대방은 전 판사야. 그것도 지방법원의 법원장까지 했
던 판사지. 작은 구멍이라도 있으면 미꾸라지처럼 빠져나갈
거야."

"그게 내가 협박했다는 거다?"

"그래, 실제로도 협박으로 만들어진 증언은 법원에서 인
정되지 않는 것이 사실이고."

노형진의 말에 오광훈은 눈을 찌푸렸다.

"그래서 날 직접 죽이려고 할 것이다?"

"그럴 리가 있냐? 고매하신 판사님이신데."

고매하신 판사님은 격투와는 거리가 좀 있을 수밖에 없다.

더군다나 그런 일을 할 수 있는 나이도 아니고.

"그는 다른 킬러를 고용하려고 하겠지."

판사 생활을 하면서 미친놈들을 많이 만났을 테고, 그중에는 살인마도 있었을 것이다.

"대부분의 살인범들은 감옥에 있겠지만 말이지."

노형진은 오상신의 사건 자료를 확인해서 그 안에서 살인 사건을 추려 낸 다음 고의성이 강한 것을 골라냈다.

"원한 때문에 남을 고의로 죽일 수 있는 놈들 중에서도 남의 부탁을 받고 알지도 못하는 사람을 죽일 수 있는 놈들은 한정되어 있거든."

더군다나 자신을 감옥에 보낸 사람의 의뢰라면 더더욱 말이다.

"그래서 한 명을 특정했지. 우성완, 중국계 킬러야."

"그런 놈이 벌써 나왔다고?"

노형진의 말에 고개를 갸웃하는 오광훈.

"한국에서 살인죄는 처벌이 약해. 기껏해야 10년 정도? 우성완 같은 경우는 7년이 나왔어."

아주 잔인하게 살해한 게 아니라면 대부분 길어 봐야 10년 정도에서 풀려난다.

"더군다나 우성완은 일종의 방패였거든."

"방패?"

"그래. 이번엔 네가 들어갔다 와라 그런 거?"

"아하!"

폭력 조직에는 그런 사람들이 있다. 네가 이번에 책임지고 갔다 와라, 미래를 책임져 주마. 그런 것 말이다.

"그놈이 얼마 전에 출소했어. 한국 국적을 가지고 있기 때문에 추방은 안 당했지만. 모범수로 5년 만에 나왔더라고. 모범수의 최소 기간만 맞추고 나온 거지."

"그런데 어떻게 알아?"

"5년이나 감옥에 있다 온 놈이 32평짜리 빌라에서 살고 있더라고. 심지어 자기 명의야. 제법 호화롭게 살고 있어."

"호화롭게 살고 있다?"

"그래."

"그 녀석이 죽인 놈이 누구이기에?"

"그 당시에 정치인을 추적하던 경찰이야."

"으잉?"

오광훈은 고개를 갸웃했다.

경찰에 대한 살인은 아주 심각하게 처벌받는 사항이다.

그건 공권력에 대한 도전이기 때문에 자기 목숨이 아까워서라도 판검사들이 최대 형량을 요구한다.

그런데 고작 7년, 그것도 5년 만에 모범수다? 그건 아주 드문 경우다.

"누군가의 뒤처리를 담당한 거네."

"그래."

일반적인 경우라면 7년은커녕 20년이 나와도 부족함이 없는 사건이다.

"즉, 위에서 무슨 오더가 있었다고 생각하는 건 어려운 일이 아니야."

그 위라는 것, 그건 다름 아닌 오상신일 가능성이 높다.

그 누가 지방법원장을 무시하겠는가?

"그리고 그가 어떤 킬러인지 알 테니까 그를 움직일 거다?"

"그래."

"그러면 그놈을 잡아 처넣으면 그만이라는 거야?"

"아니, 그건 아니고. 그렇게 허술할 리가 없잖아?"

그렇게 된다면 너무나 편할 것이다.

하지만 그리 쉽지 않을 것이다.

"우리가 이용하는 건 그 킬러인 우성완이야."

"어떻게 이용하려고?"

"공식적으로 우성완은 죗값을 다 치르고 나온 사람이거든?"

노형진은 씩 웃었다.

"선량한 국민에게 경찰이 도움을 요청하는 거지, 후후후."

⚖️

우성완은 기가 막혔다.

자신에게 청부하는 놈들이야 많았지만 이런 청부는 처음 이었으니까.

　"의뢰를 받아 주는 척해 달라고요?"

　"그렇습니다. 살인을 의뢰하려고 하는 놈이 있으면 그놈에 대한 정보를 저희에게 넘겨주면 됩니다."

　"저는 죗값을 다 치르고 나왔습니다만?"

　우성완은 불편한 얼굴로 말했다.

　"압니다. 그래서 도움을 요청하는 겁니다. 선량한 한국의 국민으로서, 살인범을 잡는 데 도움을 부탁드리는 겁니다."

　우성완은 묘한 표정이 되었다.

　그는 중국인이었지만 한국 국적을 따고는 살인을 저질렀다.

　그런데 그런 자신에게 '선량한 국민'이라니.

　"아마도 오상신이 살인을 청부할 가능성이 높습니다."

　"누군지도 모릅니다."

　"알게 되실 겁니다. 그가 접근하면 관련 증거를 채집해서 주십시오."

　"으음……."

　우성완은 고민하는 표정이 되었다.

　그럴 수밖에 없는 게, 말과는 달리 오상신이 누군지 당연히 알기 때문이다.

　자신이 감옥에 갈 때 뒤에서 힘써 준 사람 아닌가?

　그런데 그를 고발하라니?

"설마, 그가 그 당시 사건을 입에 담을까 봐 걱정하십니까?"

"뭐요?"

"걱정하지 마십시오. 그럴 일은 없습니다."

"그 당시 사건이라니요?"

우성완은 모른 척 잡아뗐었지만 노형진이 그의 마음을 모를 리가 없다.

"일사부재리라는 게 있지요. 한 번 처벌을 받으면 같은 죄로는 다시 처벌받지 않습니다."

그게 설사 잘못된 재판이라도 해도 말이다.

"그러니까 우성완 씨가 처벌받은 이상 오상신이 입을 나불거린다고 해도 다시 처벌받지는 않습니다."

우성완은 아무런 말도 하지 않았다.

노형진이 자신이 생각한 가장 예민한 부분을 찔렀기 때문이다.

"더군다나 우성완 씨는 이제는 '선량한 국민' 아닙니까? 설마 '선량한 국민'이 우리를 모른 척하시겠습니까?"

우성완은 노형진과 오광훈을 바라보았다.

조직을 대표해서 잠깐 갔다 왔다.

그리고 그 대가로 이 집과 적지 않은 돈을 받아서 생활을 이어 가고 있다.

'젠장.'

그 말은 저쪽에서 작심하고 털기 시작하면 그가 또 감옥에

갈지도 모른다는 의미다.

"물론 그에 대한 적당한 대가는 치르겠습니다."

노형진의 계획은 간단했다.

킬러를 고용한다. 그러나 상대방을 죽이는 게 아니라 그를 이용해서 증거를 모으려는 것이다.

물론 그건 불법이 아니다.

"도와주시겠습니까?"

그리고 일반적인 경우 범죄자들은 쓸데없는 일에 엮이는 것을 극도로 싫어한다.

돈도 안 되고 전과만 늘어나기 때문이다.

'웃긴 일이지만 자기들이 딱히 관계없는 일이라면 범죄자들은 경찰에 협조적인 편이지.'

그래야 나중에 큰 건에서 협상이라도 할 수 있기 때문이다.

특히나 조직범죄자들은 더욱 그렇다.

"좋습니다. 그렇게 하지요."

결국 우성완은 고개를 끄덕거렸다.

만일 그가 찍혀서 경찰의 꼬리가 붙으면 도리어 곤란해진다.

어차피 그는 오상신과 연관될 일이 없다.

도리어 깔끔하게 오상신을 쳐 내는 것이 나을 수도 있다.

그리고 노형진의 예상대로, 얼마 지나지 않아서 오상신이 나타났다.

"나보고 사람을 죽여 달라니요. 제가 무슨 킬러도 아니고."

우성완은 오상신의 말에 눈을 부릅떴다.

다짜고짜 이야기하자고 해서 집으로 불렀더니 사람을 죽여 달라니.

"내가 모를 것 같나, 네놈이 사람을 죽였을 때 그런 터무니없는 처벌이 내려진 걸."

"그건 나야 모르지요. 저는 그때 잘못을 뉘우치고 있습니다. 판사님이 제 반성을 좋게 봐주셨나 보지요."

"웃기는군."

오상신은 비웃음을 날렸다.

그 사건을 무마하라고 위에서 얼마나 압력이 들어왔던가?

그래서 그는 그 사건이 청부 살인이라는 것을 알고 있었다.

"돈은 얼마든지 주겠네. 검사 모가지만 따 주면 말이야."

"저는 그럴 생각이 없다니까요."

"헛소리하지 말고."

오상신의 눈에서 불이 활활 타올랐다.

"네놈 뒤에 누가 있는지 모를 것 같아? 그들이 과연 네가 마음대로 거부한 걸 알면 널 살려 둘까?"

우성완이 눈을 찌푸렸다.

"제 뒤에 누가 있다고요? 누가 그럽니까? 말도 안 되는 소리 좀 하지 마세요."

"말도 안 되는 소리? 내가 모를 것 같나? 알지. 아주 잘 알지. 그래서 부탁하는 거 아닌가. 그들에게 처분당하기 싫으면 시키는 대로 하는 게 좋을 텐데?"

"제 뒤에는 아무도 없습니다만?"

"웃기는군."

오상신은 비웃음을 날렸다.

"진짜로 내가 화내는 꼴을 봐야겠나? 내가 전화 한 통 하면 네놈 목숨은 그날로 끝장이야. 그걸 알면서도 내 부탁을 거절해? 내가 판사 자리에서 물러났다고 해서 너 따위 하나 처리하지 못할 것 같아?"

오상신의 말에 우성완은 눈을 찌푸렸다.

더 이상 이야기할 수도 있지만 그건 결코 좋은 생각이 아니었다.

이야기가 길어질수록 그의 뒤에 있는 조직이 드러날 수밖에 없다.

그건 조직에서도 결코 좋아하지 않을 것이다.

"그러면 이쯤에서 끝내지요."

"무슨 개소리야! 끝내기는 뭘 끝내! 내 허락도 없이 누구 마음대로!"

발끈하는 오상신.

그런 오상신을 보고 우성완이 피식 웃었다.

"이번에는 당신 허락이 필요 없을 것 같은데?"

"뭐?"

그 순간 '딸깍' 소리가 들리면서 빌라의 다른 방문이 열렸다.

"네, 네놈은……!"

"자, 그래서 당신 부탁을 받아서 사건을 무마해 준 게 누구라고? 이거 이거, 콩밥 드셔야 하는 판사가 한두 명이 아니네."

실실 웃으며 나타나는 오광훈.

그리고 그 뒤에 있는 수사관들.

그들을 보면서 오상신은 침을 꿀꺽 삼켰다.

"네, 네가 어떻게 여기에……!"

"내 이야기를 아직 못 들었나 보네. 나 오광훈이야."

오광훈은 오상신의 팔을 꺾어서 그의 손에 수갑을 채웠다.

"뭐 하는 짓이야! 내가 누군지 알고 이러는 거야!"

"알지. 잘 알지. 그러니까 조사받아야 하는 판사가 너무 많을 것 같은데."

"웃기는 소리 하지 마!"

오상신은 당황했지만 이내 언성을 높였다.

그는 지방법원 판사였다.

전화 한 통이면 법원에서 알아서 관련 증거를 모조리 부정해 줄 테니 당연히 그는 풀려날 것이다.

"나 지법원장이야! 너 따위는 원하면 얼마든지 모가지를 딸 수 있어! 어디 검사 나부랭이가!"

"아, 그렇지. 검사 나부랭이."

오광훈은 고개를 끄덕거렸다. 확실히 그는 그럴 수 있다.

"하지만 나는 그렇다고 쳐도 다른 증인들도 죽일 수 있 수 있을까?"

"다른 증인? 허, 저 뒤쪽에 있는 수사관 새끼들을 믿는 거냐? 너희들도 줄 잘 서야 할 거야! 모가지 안 따이고 멀쩡하게 정년퇴직하고 싶으면 말이지!"

오상신은 발악을 하듯이 소리를 질렀다.

사실 그는 상황이 아주 안 좋다는 것을 알고 있었다.

도리어 진짜 유리했다면 이런 소리도 하지 않았을 것이다.

그러나 불리한 걸 알기에 겁을 줘서라도 여기서 막으려고 하는 것이다.

"증인 같은 소리 하고 자빠졌네. 증인 모가지를 따는 건 일도 아니야! 여기 대한민국이야!"

"그렇지, 대한민국. 헬조선."

오광훈은 고개를 끄덕거렸다.

"그런데 도대체 얼마나 죽이려고? 나는 그렇다고 쳐도, 다른 증인도 죽이려고? 여기서 나만 빼도 벌써 네 명이 있는데?"

우성완과 다른 수사관들.

그들까지 죽이겠다는 말에 오광훈이 피식거렸다.

"고작 네 명이야! 그 정도 아가리도 내가 못 막을 것 같냐?"

"그래, 여기에 있는 건 고작 네 명이지."

고개를 끄덕거리는 오광훈.

하지만 오상신은 잘못 생각하고 있었다.

"하지만 다른 증인들 모가지도 따려고?"

"다른 증인들?"

오광훈은 대답하는 대신에 핸드폰을 들었다.

그리고 히죽였다.

"어디 보자…… 지금 시청자 수가 삼천구백여든한 명이네. 이 증인들을 다 모가지 따려고? 어이쿠, 지금 삼천구백여든다섯 명으로 늘었다."

"뭐? 그게 무슨……?"

오광훈은 씩 웃으면서 자신의 핸드폰을 오상신에게 들이밀었다.

그걸 본 오상신은 그대로 주저앉았다.

인터넷 방송. 거기에 방 안의 상황이 그대로 나가고 있었다.

그리고 고개를 돌려 보니 천장에는 교묘하게 숨겨진 카메라가 있었다.

"그러니까…… 사천이백마흔네 명을 죽이려고? 그러면 돈이 많이 들 텐데? 물론 네가 오천이백열세 명을 죽인다고 하면 나라가 뒤집어질 일인데, 그렇다고 해서 오천여든스물세명을 살려 둘 수는 없을 테고."

점점 늘어나는 숫자에 오상신은 멍하니 핸드폰 화면만 바라보았다.

"덮을 수 있으면 덮어 봐, 재주껏."

결국 얼마 후 오상신과 오시라 그리고 박구천은 체포되었다.
그들은 절망에 고개를 숙이고 끌려 나갔다.

아무리 사법부가 대단하다고 해도 그렇게 인터넷에 방송
된 범죄까지 막을 수는 없었다.

"그래서 박구천이 돈을 주면서부터 시작된 일이었던 건가요?"

"그렇다고 하더군요."

노형진은 윤석호에게 차분하게 말을 꺼냈다.

"박구천은 처음에는 좋은 마음에서 시작했을지도 모르지요."

어찌 되었건 오시라는 그의 어머니였다.

오상신이 판사로서 돈을 많이 벌었고 딸의 생활비를 대 줄
능력은 되지만, 그렇다고 해서 누리고 사는 것은 아니었다.

"현실적으로 말하면 박구천은 바보였지요."

"네? 어째서요?"

"자신의 어머니의 본모습을 몰랐으니까요."

"이해가 안 가는데요. 바람피운 문제에 대해 이야기하시
는 건가요?"

어리둥절하여 묻는 윤석호.

"그게 아닙니다. 오시라의 아버지 오상신은 지방법원장까지 한 지역 유지입니다. 비록 오시라가 이혼을 했다지만 그래도 권력적인 면에서 본다면 재혼 대상으로는 충분히 가치가 있지요."

"가치라……."

"이혼을 했다고 수절할 필요는 없지 않습니까? 애초에 자기가 바람피워서 이혼당한 건데요."

그럼에도 불구하고 그녀와 결혼한 사람은 없었다.

"그 정도 능력과 가치를 가진 사람이 왜 재혼에 실패했는지, 그걸 모른 거지요."

박구천은 그저 생모라는 사실에 마음이 끌렸지만 오시라는 전형적인 범죄자 타입이었다.

오상신 역시 그렇게 살아왔고 말이다.

공부를 잘해서 판사가 되었다지만 그렇다고 해서 범죄를 저지르지 못하는 것은 아니니까.

"그래서 그들에게 돈을 주기 위해 노력한 거지요."

그리고 그런 박구천에게 브레인 역할을 한 것이 오상신이었다.

"그가 돈을 빼돌리는 법과 살인하는 법 등을 모두 어드바이스해 줬답니다."

박구천은 끌려가다가 결국 살인까지 엮인 것이다.

"그때부터는 벗어나고 싶어도 못 벗어나는 거지요."

처음에 살인을 지시한 것은 오상신이었다.

오상신은 박구천이 주는 돈을 노렸고, 박구천이 회사를 이어받은 후에 그 돈을 자신들이 마음대로 할 수 있을 거라 생각했다.

"최초의 살인은 예상대로였습니다. 그 조합장이 알아차린 거지요."

재개발 조합장은 채용 문제가 이상하다는 걸 알고는 당연히 항의했고, 그 항의는 최고 담당자인 박구천에게 향했다.

박구천은 두려운 마음에 오시라에게 이야기했고 말이다.

"그리고 오시라와 오상신은 그를 죽이기로 합니다."

100억이 넘는 재산을 빼돌렸다.

그게 드러나면 자신들은 끝장난다는 걸 알기에, 오상신은 자신이 판결했던 범죄자를 통해 살인을 저질렀다.

"그걸로 일이 잠잠해지는 줄 알았지요."

그러나 기자가 그 사건에 대해 냄새를 맡고는 추척하기 시작했다.

박구천이 조합장의 살인 사건에 대해 알게 된 것도 그때였다.

"그때가 되자 박구천은 벗어날 방법이 없었습니다."

자신이 횡령까지 해 가면서 그들에게 돈을 줬고 그 돈으로 살인이 벌어졌다.

벗어나기에는 이미 너무 늦었다.

"오시라가 그걸 노린 것 같습니다."

결국 그때부터는 박구천도 그들과 같이 움직여야 했다.

"두 번째 살인이 끝난 후에 박구천에게는 새로운 정보가 들어옵니다."

아버지가 그토록 애타게 찾던 윤영자를 드디어 찾았다는 보고.

그걸 자신이 보고하겠다고 커트하기는 했지만, 윤영자에 대한 정보는 박구천뿐만 아니라 오시라와 오상신에게는 심각한 문제로 다가왔다.

그들이 어떻게 해서든 얻으려고 하던 그 돈을 빼앗길 위기가 온 것이다.

"그래서 죽였다고 하더군요."

돈을 빼앗길 수는 없으니까.

"아들에 대해서는 사실 알았지만 무시했다고 합니다."

만일 아버지가 누군지 알았다면 벌써 찾아왔을 거라 생각했고 그건 사실이었다.

"그래서 윤영자 씨를 죽인 거지요."

윤석호는 신음 소리를 냈다.

만일 자신이 그걸 좀 더 일찍 알았더라면, 그랬더라면 어쩌면 어머니는 살았을지도 모른다는 자괴감.

"어찌 되었건 그들은 그녀만 죽이면 될 거라 생각했답니다."

그건 맞는 말이었다.

노형진이 가짜 유언장을 흔들지만 않았다면 말이다.

"그나저나 아버지와의 관계는 어떻습니까?"

"사실 모르겠습니다. 회장님이라니."

"현실감이 없나요?"

"너무 없지요."

두 부자의 만남은 어색하기 그지없었다.

그들에게 있어서 상대방은 존재하지 않는 이였다.

그런데 그 존재 때문에 살인 사건이 벌어지고 자신들의 인생이 틀어졌다.

"시간이 해결해 줄 겁니다."

노형진은 웃으며 말했다.

"그렇겠지요."

윤석호는 그저 긴 한숨으로 낯선 부자 관계에 대해 걱정할 수밖에 없었다.

세상의 보물

"이건 절대 경찰에 알려서는 안 됩니다!"

노형진은 심각한 표정으로 말했다.

그의 눈앞에 있는 그림. 그것은 사랑을 뜻하는 하트가 그려진 것이었다.

하지만 여느 그림과 달랐다.

그 그림은 피처럼 검붉은 색으로 그려진 것이었는데, 어딘가 섬뜩한 느낌을 주고 있었기 때문이다.

"그게 무슨 말인가? 절대 알려서는 안 된다니? 지금 시간이 얼마나 중요한지 모르나?"

송정한은 노형진에게 다급하게 말했다.

갑자기 들어온 납치 사건, 그리고 한 장의 편지.

다행히 그걸 받는 순간 노형진과 송정한이 현장에 있었기 때문에 노형진은 그걸 볼 수 있었다.

참 더러운 우연이었지만 그 덕분에 노형진은 상대방이 어떤 놈들인지 바로 알아차렸다.

"당장 경찰에 전화하겠습니다."

애아버지는 다급하게 일어났고 어머니는 모로 쓰러졌다.

"당장 신고하게! 어서 빨리 애를 구해야 해!"

다급하게 핸드폰을 드는 상대방을 본 노형진은 몸을 날리다시피 하며 그의 손에서 핸드폰을 빼앗았다.

"신고하면 애가 죽습니다!"

"이게 무슨 짓인가!"

송정한은 노형진의 행동에 너무 어이가 없었다.

애가 납치되었다는 연락이 오면 당연히 경찰에 신고하는 것이 우선이다.

그런데 노형진은 어떻게 해서든 신고를 막기 위해 몸을 날리기까지 하고 있었다.

"이놈들, 레드하트입니다. 이 새끼들은 전문 납치범들이란 말입니다!"

노형진은 혹시나 했다.

하지만 이런 검붉은 하트를 표식으로 삼는 놈들은 그놈들뿐이었다.

"레드하트?"

"그들이 누군데요?"

다들 모른다는 얼굴로 어리둥절하게 노형진을 바라보았다.

하긴 그게 당연하다.

노형진도 그들이 한국에서 활동할 줄은 몰랐으니까.

"미국에서 유명한 전문 납치 조직입니다. 이놈들은 어설
픈 납치 협박범하고 비교하면 안 됩니다."

"그렇다고 경찰에 신고하지 말라고? 도리어 그러면 더 신
고해야지!"

송정한은 이해가 안 간다는 듯 버럭 화를 냈다.

하지만 다음 순간 입을 다물 수밖에 없었다.

"레드하트는 신고가 확정되는 순간 인질을 죽이고 사라집
니다. 미국에서도 그래서 그놈들을 잡기는커녕 시신도 못 찾
았습니다. 설마 따님 시신도 찾기 싫으신 겁니까?"

순간 모두가 침묵에 빠졌다.

피해자의 아버지인 송주학의 손은 부들부들 떨리고 있었
고 송정한 역시 말을 하지 못하고 침만 꿀꺽 삼켰다.

"이놈들이 왜 여기에 있는지 모르겠지만 그놈들이 맞는다
면 절대로 섣불리 움직이면 안 됩니다. 아진이를 되찾고 싶
다면요."

노형진은 송정한의 소개로 송정한의 친척인 송주학의 재
산상속 문제를 해결하기 위해 여기까지 왔다.

그의 아버지가 돌아가셨기 때문에 그 문제를 정리하기 위

해서였다.

그런데 난데없이 납치 협박이라니.

"그, 그 말이 사실입니까?"

"사실입니다. 원하시면 송 의원님이 확인해 보셔도 됩니다."

노형진은 송정한을 바라보면서 말했다.

송정한은 국회의원이고 전 새론의 대표다.

그 정도 정보를 얻는 것은 어려운 일이 아니었다.

"자네…… 그 말이 사실인가? 그걸 어떻게 아나?"

"미국에서 제가 해결한 사건이 한두 건이 아니지 않습니까? 그러면서 중요 사건에 대해 몇 개 들었습니다."

노형진은 그렇게 말하면서도 이를 빠드득 갈았다.

'이 새끼들이 도대체 왜 여기서 튀어나오는 거야? 왜!'

노형진이 미국에서 했던 사건 중 하나, 그게 바로 레드하트의 사건이었다.

그때 그들은 의뢰인의 딸을 납치했고, 의뢰인은 노형진의 만류에도 불구하고 경찰에 신고했다.

FBI라면 딸을 찾아 줄 수 있을 거라 믿은 것이다.

하지만 그들이 찾은 것은 그녀의 눈알 두 개뿐이었다.

그것 말고는 아무것도 없었다.

심지어 그녀의 시체도 없었다.

그 눈알 두 개가 의미하는 건 뻔했다.

죽음.

결국 그녀의 시체도 찾지 못했다.

"아예 하지 말라는 게 아닙니다. 하지만 절대 그들에게 걸리지 않게 해야 합니다. 분명 그들은 어떤 방법을 써서든 이쪽을 감시하고 있을 겁니다."

"그, 그런……."

"신고하는 순간 경찰이 사이렌을 울리면서 달려올 테고, 그 순간 아진이는 죽습니다."

"지나친 억측 아닌가?"

"억측이 아닙니다. 미국에서는 유명한 사건입니다."

"어째서?"

"그 녀석들이 피해자의 둘째도 납치했으니까요."

"뭐?"

"그놈들은 프로입니다."

첫 번째 아이를 납치해서 돈을 요구했다.

그러나 부모는 경찰에 신고했고, 그래서 첫째를 죽였다.

그리고 1년 후, 그들은 둘째를 납치했다.

그날 이후에 그들 부부는 하나 남은 아들에게 경호원을 여럿 붙였지만 그들은 머리에 총구멍이 난 채로 발견되었다.

"그리고 똑같이 이 편지와 이 그림이 왔지요."

검붉은 하트, 레드하트.

"그들은 고의적으로 둘째를 노린 겁니다. 첫째를 죽였으니 둘째를 납치하면 경찰에 신고하지 않고 돈을 줄 거라는 걸 안 거죠."

당연히 부모들은 신고하지 못했다.

그들은 무려 50억의 돈을 주고서야 아들을 구할 수 있었다.

"전문적인 납치 조직이라고?"

"해외에서 활동하는 놈들입니다."

다들 침을 꿀꺽 삼켰다.

그런 조직은 한국에 존재한 적 없으니까.

"경찰에 신고는 철저하게 조용히, 그리고 절대 드러나지 않게 해야 합니다."

노형진은 조심스럽게 이야기하며 말했다.

"하지만 어떻게 말인가?"

노형진은 창문을 바라보았다.

"한국은 집들이 다닥다닥 붙어 있지요?"

노형진의 머리는 미친 듯이 돌아가기 시작했다.

사건이 사건이다 보니 경찰에 신고를 하지 않을 수는 없었다.

하지만 사이렌을 울리면서 출동하는 순간 아이가 죽기 때문에 노형진은 다른 방법을 썼다.

뒷집에서 슬쩍 담을 넘어오도록 한 것이다.

다행히 그들은 경찰이 뒷문도 아닌 담을 넘을 거라고는 생각도 못 했는지 사실을 알아차리지 못했다.

다행히도 한국은 미국과 다르게 주택과 주택 사이의 거리가 무척이나 가깝고 밤을 이용해서 조용히 넘으면 외부에서 감시하는 게 불가능했기에 가능한 일이었다.

"저희가 확실하게 조사하고 있으니 걱정하지 마십시오."

당당하게 말하는 경찰.

노형진은 그런 그를 보면서 이상하다는 생각이 들었다.

'뭐지, 이 새끼들?'

분명 신고를 했다.

물론 몰래 오라고 신신당부를 하기는 했다.

그런데 그들은 몸만 왔다.

물론 몰래 오다 보면 아무래도 가지고 올 수 있는 장비에 한계가 있기는 하다.

하지만 그렇다고 해도 몸만 온다? 그건 말도 안 된다.

이런 사건을 수사하기 위해서는 최소한의 장비가 필요하다.

가장 대표적인 예가 바로 녹음기와 전화 추적기다.

전화가 오면 그걸 추적해야 하니까.

하다못해 전화기에 설치하는 녹음기라도 있어야 한다.

'물론 레드하트의 특성을 생각하면 그런 장비들이 필요 없기는 하지만……'

문제는 그걸 아는 게 노형진뿐이라는 거다. 미국에서 상대해 봤으니까.

한국 경찰은 레드하트에 대해 잘 알지 못하니 사건의 해결을 위해 최소한의 장비는 챙겨 왔어야 했다.

'그런데 장비들을 안 가지고 왔다고?'

"하아."

"무슨 일인가?"

"아니요. 왠지 등골이 서늘해서요."

"서늘해?"

"제가 좀 알아봐야겠습니다."

노형진은 그 수사관이라는 사람에게 다가갔다.

그리고 대놓고 물었다.

"녹음기 어디에 있습니까?"

"네?"

"협박이 들어오면 당연히 녹음해야 할 거 아닙니까? 그런데 녹음기도 없고 심지어 추적기도 없지 않습니까? 하다못해 노트북 하나 없구요. 왜 온 겁니까?"

"아니, 그게…… 몰래 오라고 하셔서……."

"내가 몰래 오라고 했지 수사하지 말라고 했습니까? 장비하나 없이 온다는 게 말이나 된다고 생각합니까?"

"다음 팀이 가지고 올 테니 걱정하지 마십시오."

"제 말 못 들었습니까? 지금 상황이 이런데 팀 교대해서잘 거 다 자면서 하시려고요? 아동 납치의 경우 골든 타임이사흘이라는 거 모르십니까?"

일반적으로 아동 납치의 경우 사흘이 지나면 아이가 살아 있을 가능성이 급속도로 낮아진다.

그래서 그 전에 어떻게 해서든 찾아야 한다.

'물론 이 녀석들은 일주일이지만.'

하지만 그건 이 녀석들만의 특징이다.

그런데 그걸 경찰이 안다? 심지어 전화기가 필요 없다는 것까지?

"끄응……."

그러면 답은 하나다.

"몇 건입니까?"

"네? 그게 무슨 말씀이신지?"

"몇 건이나 실패하셨습니까?"

"실패라니요. 저희는 실패한 적이 없습니다."

"몇 번이나 실패했느냐고요! 제가 한번 조사해 볼까요? 이 거 틀어지면 경찰에서 사건 쉬쉬하면서 범인 도피를 도와줬 다고 한번 까 볼까요?"

노형진이 몰아붙이자 경찰들은 움찔했다.

그걸 본 노형진은 확신했다, 이들은 이번 사건이 처음이 아니라는 것을.

"레드하트와 관련된 사건이 얼마나 실패한 거냐고!"

노형진이 나지막하게 다그치자 경찰은 입을 꾸욱 다물었다.

"입 다물면 해결될 것 같아? 일 틀어지면 진짜 대놓고 간다! 경찰이 그들과 결탁해서 범죄를 조작하고 있다고!"

"아니, 우리가 언제……."

"수사하러 온다는 놈들이 녹음기 하나 추적기 하나 안 들고 왔는데 그러면 붙어먹은 거 아냐?"

경찰들은 아차 싶은 표정이 되었다.

그리고 노형진의 눈동자에서는 더더욱 열기가 치솟았다.

"사실대로 말해, 일 망치고 미안하다는 말로 퉁 칠 생각하지 말고. 만일 실패하면 어떻게 될지 알아?"

노형진은 자신의 명함 중에서 미다스 아시아 한국 대리인 명함을 꺼내 들었다.

"죽일 거야. 당신들이랑 관련된 사람들, 다 사회적으로 매장할 거야. 당신 가족, 당신 상사, 당신 자녀, 당신들이 자살할 때까지 사돈에 팔촌까지 싸그리 말려 죽일 거야."

경찰들의 얼굴이 사색이 되었다.

노형진은 그걸 보고 더더욱 확신을 가졌다.

'저들은 경찰이야. 내가 이렇게 협박하면 화를 내야 정상이지.'

그런데 그들은 화를 내는 게 아니라 곤란해하고 있다.

"몇 건이야?"

노형진이 이를 악물고 다시 묻자 바로 앞에 있던 남자가 긴 한숨을 쉬었다.

"네 건입니다."

"뭐라고요?"

"뭐?"

"그게 무슨 말이에요!"

다들 경찰의 입에서 나온 말에 당황했다. 네 건이라니?

그러나 곧 그 말이 무슨 뜻인지 알고는 그대로 주저앉았다.

"지금까지 레드하트가 저지른 사건이 한국에서만 네 건입니다. 그리고 그 사건 모두…… 실패했습니다."

노형진은 입술을 깨물었다.

어쩐지 레드하트 타입 사건에 대해 너무 잘 안다 싶었다.

한국에서는 그런 기업형 납치 조직이 없었는데 말이다.

"그게 말이나 됩니까? 그렇게 사건이 실패했는데 어떻게 사회에 알려지지 않았단 말입니까! 그러면 내 딸은! 아진이는!"

발끈하는 송주학. 자신을 도와줄 거라 생각한 경찰이 무려 네 건이나 실패했다는 것은 충격이었다.

"진정하세요, 진정."

노형진은 무너지려는 송주학을 가까스로 진정시키고는 경찰을 바라보았다.

"도대체 왜 이런 사건이 아직까지 외부에 알려지지 않은 겁니까?"

"그게…… 경찰청에서는 이런 사건을 기밀로 분류해서 정보 통제가 가장 먼저 들어갑니다."

과거에 아이를 납치해서 돈을 요구하는 사건은 제법 많았다.

그런데 어느 순간 그런 이야기는 뉴스에서 사라졌다.

그런 사건이 없어져서?

아니다. 두 가지 이유 때문에 그렇다.

첫 번째는 CCTV의 발달로 인해 범인이 쉽게 특정된다는 것.

납치를 하든 돈을 받든, 이동하려면 CCTV에 걸릴 수밖에 없고 결국 잡힐 수밖에 없는 것이다.

두 번째는 모방 범죄를 막기 위해 언론에서 해당 뉴스를 내보내지 않기 때문이다.

한때 전국을 떠들썩하게 한 사건들이 방송될 때마다 모방 범죄가 만들어졌고, 그래서 언론에서는 모방 범죄를 막고자 이러한 사건을 거의 보도하지 않는다.

세 번째는, 이런 일은 성공해도 본전이지만 실패하면 경찰에 엄청난 부담이 된다.

경찰이 실패함으로써 아이가 죽으니까.

그래서 부담을 느낀 경찰이나 검찰이 철저하게 기밀로 분류하는 경우가 많다.

"그러면 이번이 다섯 번째라는 거군요."

"네. 그래서 저희도 최선을 다할 겁니다."

"어떻게요?"

노형진의 차가운 물음에 경찰은 아무런 말도 하지 못했고, 집에서는 침묵만이 흘렀다.

노형진은 결국 그 집에서 나왔다.

거기에 있어 봐야 그가 할 수 있는 게 없으니까.

경찰이 지켜 주기는 하겠지만 그의 경험상 이제 그들은 절대로 접촉하지 않는다.

그걸 알기에 그들은 녹음기도 컴퓨터도 가지고 오지 않은 것이고.

"좀 곤란한 놈들이군요, 레드하트라니."

사무실로 온 노형진이 얼굴을 찌푸리면서 한숨을 쉬었다.

"한국에서 벌써 다섯 번째라니. 하긴 미국에서도 안 잡힌 놈들이니 한국에서 잡을 수 있을 리가 없지요."

노형진의 한숨에 송정한은 걱정스럽게 물었다.

"그놈들에 대해 잘 아는 것 같은데, 그렇게 위험한 놈들인가?"

"위험? 위험 정도가 아니라 프로입니다. 미친놈들의 집단이기도 하구요. 특정도 안 되었지만 모든 일의 프로들이 뭉쳐 있습니다."

레드하트는 노형진도 익히 알고 있는 집단이다.

물론 그들이 한국에까지 온 줄은 몰랐지만.

'미국에서도 끝끝내 못 잡았는데.'

전문 납치 집단 레드하트. 그들은 부잣집의 가족들을 납치해서 돈을 요구하는 집단이다.

철저하게 분업화되어 있고 특화되어 있다.

미국에서도 그들을 잡기 위해 온갖 노력을 다했지만 결국 잡지 못했다.

"도대체 어떤 놈들이기에 자네가 그렇게 말할 정도인가? 좀 알아야 대책을 세우지 않겠나?"

"그게 문제입니다. 대책을 세울 방법을 그들은 너무 잘 압니다. 그래서 다 틀어막아 둡니다."

"도대체 어떤 식으로?"

"납치가 벌어지면 일단은 편지부터 시작입니다."

납치가 발생하면 그들은 편지를 보낸다, 당연히 경찰을 부르지 말라는 경고와 함께.

만일 경고대로 하지 않으면 납치된 피해자를 죽이고 사라진다.

하지만 제대로 협상이 이루어지고 돈이 지급되면 납치된 피해자를 돌려보낸다.

다만 그 시간은 딱 일주일. 그 안에 협상이 안 되면 역시 피해자를 죽이고 사라진다.

"멍청한 경찰들 같으니라고."

노형진은 이를 박박 갈았다.

그럴 수밖에 없는 게, 앞서 일어난 네 건의 사건이 실패한 원인이 바로 경찰이기 때문이다.

납치의 경우 경찰에게 알리지 말라는 말은 100% 들어간다고 봐야 한다.

하지만 많은 가족들이 경찰에 알린다.

그래서 경찰은 그들과 접촉할 때 경찰인 척하지 않고 민간인처럼 접근해야 한다.

감시하는 사람이 있을 수 있기 때문이다.

그런데 앞서 일어난 네 건은 사이렌까지 울리며 과학수사팀까지 출동하는 바람에 납치된 사람들이 모조리 죽었다.

"그게 어디 그들의 잘못이겠나, 그들은 레드하트를 들어본 적도 없을 텐데."

"하긴 그렇지요."

노형진은 머리를 흔들었다.

레드하트에 대해 알았다면 그렇게 멍청한 짓은 하지 않았을 것이다.

"그들의 방식은 이번에 송아진 사건을 보시면 아실 수 있을 겁니다. 일단 처음부터 시작해 보지요. 아이는 유치원에서 나오는 도중에서 납치됨. 운전기사가 데리고 나오는 당시에 습격."

노형진은 구석에 있는 화이트보드를 꺼내서 줄을 쭈욱 긋고는 거기에 시간을 끄적거리면서 짧게 상황을 정리했다.

일반적으로 운전기사는 아이를 일단 뒷좌석에 태운다.

그리고 안전벨트를 매 주고, 앞좌석으로 올라타서 운전을 한다.

그게 기본 순서다.

그런데 그들은 그걸 노렸다.

"그런데 벨트를 매 준 상황에서 앞으로 가는 중에 습격. 전기 충격기로 무력화시키고 운전기사를 버려두고 차량을 가지고 도주. 차량은 인적 없는 곳에서 발견. 아이는 없음."

노형진은 보드에 타임 라인을 설정하면서 계속 계산을 했다.

"척 봐도 상당 기간 상대방을 감시하면서 사이클을 확인한 거라는 걸 알 수 있지요. '어떻게 해야 효율적으로 납치를 할 수 있는가?'라는."

"경찰도 그렇게 생각하고 있네."

"그 이후에 우편을 통해 30억 원을 요구. 방법은 해외 계좌 입금. 해당 계좌는 당연히 차명이고, 이게 그들이 쓰는 방식입니다. 그 과정에서 추가 협상이나 전화나 요구는 없습니다. 돈을 주든가 애가 죽든가 둘 중 하나입니다. 당연히 전화가 안 오니까 경찰도 녹음기고 뭐고 안 가지고 온 겁니다. 필요 없는 걸 아니까."

그렇게 입금된 돈은 바로 현금으로 출금된다.

미국에서는 그 순간을 노려서 덮쳤지만 그곳에서 잡은 것은 그냥 심부름꾼이었다.

물론 그도 올바른 사람은 아니지만 그저 출금을 해 오라는 부탁을 받았을 뿐이었다.

"그리고 그렇게 찾은 돈은 다른 심부름꾼을 통해 다른 곳으로 보내고……."

그런 식으로 몇 번을 거친 후에야 돈을 수령하고, 돈에 문제가 없으면 그때 피해자를 풀어 준다.

"잘 아는군?"

"아, 그냥 소문을 들었습니다. 미국에서도 워낙 유명한 놈들이어서요."

물론 한국에서 들은 소문은 아니다.

미국 경찰에서는 어떻게 해서든 추적해 보려고 별짓을 다했다.

그런데 헬기까지 동원해서 돈을 나르는 판국이라 추적은 불가능했다.

헬기 조종사는 그냥 심부름꾼이었고, 그는 그 돈을 사막에 있는 헬기 착륙장에 뒀다고 했다. 이후 경찰이 들이닥쳤을 때는 이미 돈이고 뭐고 다 사라진 후였다.

"머리 좋은 놈들이지요."

헬기로 돈을 나르면 절대 차로 추적할 수가 없다.

CCTV도 피할 수 있고 말이다.

헬기를 추적하는 방법은 오로지 헬기뿐인데, 그 순간부터 경찰이 연관된 걸 감출 수가 없으니까.

"그러면 다른 헬기로 좀 떨어져서 추적하면 되지 않나? 레이더가 있으니까."

"그렇지요. 다들 그렇게 생각했습니다. 미국 경찰도, 아니

FBI도 그렇게 생각했지요."

그래서 다음번에는 헬기를 준비해서 돈을 가지고 간 헬기를 추적하게 했다.

그랬더니 이번에는 아래쪽에서 지대공미사일이 날아왔다.

그 지대공미사일에 경찰 헬기가 박살 났고 추적은 실패했다.

"지대공미사일?"

"즉, 그런 무기를 구할 수 있을 정도로 체계화되고 전문적인 집단이라는 겁니다. 심지어 경찰이 어떻게 움직일지까지 다 알고 있다는 소리지요."

그 이후에 미국은 추적할 방법을 찾지 못했다.

지대공미사일까지 날아오는 판국에 안전한 추적이라는 것은 불가능했으니까.

"물론 한국에서는 그 방법을 쓰지는 못할 겁니다. 다른 방법을 찾기는 하겠지만."

노형진은 턱을 문지르면서 고민을 했다.

"그, 대대적으로 미국처럼 하는 건 어떤가? 미국에서는 아이를 납치한 사람에게 뭐 아이 이름을 불러 주면서 인간적 감정을 느끼게 해 준다며?"

"일반적으로 개인적인 납치라면 가능합니다. 하지만 현실적으로 이번에는 그건 불가능하지요."

단일 납치가 아니라 조직 납치이고, 이들은 납치와 살인을 하나의 업무로서 한다.

이것이 법이다

그들의 규칙이 있고 또 과정이 있다.

"납치 따로 감금 따로일 테니까요."

결과적으로 그런 방송을 해 봐야 그들은 바로 죽이고 잠수를 탈 가능성만 높아진다.

"가장 안전한 방법은 송주학 씨가 돈을 주시는 겁니다."

"알고 있네. 지금 주학이도 돈을 구하고 있는 상황이야."

"운이 좋은 덕분에 경찰에서 멍청한 짓을 하지 않았네요."

노형진이 경찰에게 절대로 경찰 티를 내지 말라고 한 덕분에 아직 별일은 없었다.

"하지만 그것도 어느 정도야. 자네 말이 맞는다면 계속 감시를 하고 있는 상황일 테니까."

"협상이라도 하면 좋은데 말이지요."

노형진은 눈을 찌푸렸다.

"이 새끼들은 너무 극단적이란 말입니다."

보통 이런 건 네고시에이터, 그러니까 협상 전문가가 끼어서 범인들과 협상을 벌인다.

영화처럼 전화도 추적하고 말이다.

"하지만 이놈들은 그게 안 된단 말이지요."

이미 재력 상황을 조사하고 충분히 뽑아 먹을 수 있는 돈을 계산해서 요구하는 거다.

거기에다 요구 역시 우편을 통해서만 하고 그 이후에 접촉은 일절 하지 않는다.

그 조건을 들어주든가 아니면 피해자가 죽는 것을 지켜보든가.

"여러모로 다른 놈들과 다르지요."

납치범은 어떻게 해서든 한 푼이라도 받아 내려고 한다.

하지만 이들은 그렇지 않다.

기업처럼 움직이기 때문에, 안 주면 다른 데서 또 하면 그만이라고 생각한다.

"우편도 문제입니다."

"우편? 우편이 왜?"

"그 우편물을 등기로 보내지는 않았을 거 아닙니까?"

"그건 그렇지. 아, 그렇군."

등기로 보내기 위해서는 우체국을 가야 하는데 그러면 걸린다.

그러니 당연히 일반 우편으로 보낸다. 쉽게 말해서 우체통에 넣는 것이다.

"그런데 일반 우편은 가는 데 사흘쯤 걸립니다."

수거해서 모았다가 발송하는데, 그것도 바로 가는 게 아니니까.

"아니, 이 경우는 주말이 끼었으니 닷새가 걸렸다고 봐야 하지요."

"납치 전에 이미 보냈단 말이군."

"네. 그 말은 이쪽 동선을 완벽하게 알고 있었다는 뜻이고요."

만일 하루라도 일찍 도착하면 당연히 그 납치는 실패한다.

그런데 그들은 정확한 시간에 도착하도록 만들었다.

우체부를 통해 온 것이니 추적은 불가능할 테고, 거기에 적혀 있는 주소는 당연히 가짜다.

실제로 편지에 적혀 있는 주소는 황당하게도 국회의사당이었다.

"그 안에 있는 내용물로 추적은 불가능할 테고요."

편지 내용은 잡지 등에서 오려 내서 붙인다.

풀을 이용해서 붙이는데, 그 과정에서도 장갑을 끼고 하기 때문에 지문 같은 게 남아 있지 않다.

종이 자체도 어디서든 흔하게 볼 수 있는 걸 쓴다.

"이게 편지란 말이지요."

노형진은 책상 한구석에서 편지를 집어 들고 스윽 바라보았다.

물론 실물은 아니다.

실물은 경찰이 분석하고 있다.

하지만 나오는 게 없다.

"결국 추적은 불가능하다는 소리군."

송정한은 똥 씹은 표정으로 말했다.

노형진의 말대로라면 이 미친놈들은 미국에서도 잡지 못한 전문가들이다. 그런데 한국 경찰이 그들을 잡을 수 있다고 보기는 힘들었다.

"미국에서는 그랬습니다."

노형진은 한숨을 내쉬었다.

하지만 아이러니하게도 미국에서 실패했기 때문에 한국에서는 상황이 좀 달라졌다.

"미국에서는 확실하게 실패했지요. 하지만 이번에는 확실하게 명확한 무언가가 있습니다."

"무언가? 무언가라니? 어떤 거 말인가? 그냥 종이를 오려서 보낸 편지일 뿐인데?"

아무리 봐도 지문 채취고 분석이고 할 수 없는, 오린 종이 천지일 뿐이다.

"저는 종이를 보는 게 아닙니다. 제가 보는 건 이 글 자체입니다."

"글 자체?"

노형진은 복사된 종이를 꺼내서 송정한에게 내밀었다.

"한국인이 끼어 있는 것 같군요."

"그걸 어떻게 아나?"

"그들은 미국에서 왔습니다. 그런데 철자가 너무 완벽하지 않습니까?"

고개를 갸웃하면서 송정한은 그걸 살폈다.

그리고 탄성을 질렀다.

그랬다. 자연스러운 한국어 문장이었다.

물론 한국인이라면 이상할 게 하나도 없는 문장이다.

"하지만 그들은 미국에서 왔지요. 다른 협박 편지를 제가 보지는 못했지만, 그들이 한국어를 이렇게 유창하게 하기는 힘들 겁니다. 보통은 이럴 때 번역기를 돌려서 보내지요. 그런데 번역기는 번역기 특유의 문체가 있지요. 아니면 제대로 해석이 되지 않는 문제 같은 거 말이지요."

가령 한국에서 눈이라고 하면 하늘에서 내리는 눈도 있지만 사람의 얼굴에 달린 눈도 있다.

그래서 번역기가 가끔 눈Snow를 다른 의미의 눈Eye로 번역하기도 한다.

하지만 이 편지는 그렇지 않다.

완벽하게 완성된 문장이다.

단어 선택부터 외국인은 잘 모르는 문맥까지 확실하게 잡혀 있다.

즉, 이걸 쓴 사람은 어떤 식으로든 한국어를 배운 사람이다.

그것도 상당한 수준까지 말이다.

"한국에서 새로운 멤버를 모집한 걸까?"

노형진은 잠깐 침묵을 지켰다.

과연 그들이 한국에서 새로운 사람을 구한 걸까?

대답은 '아니요'다.

그들은 수년간 철저하게 자신들을 감추고 생활했다.

새로운 사람을 구한다는 것은 자신들이 드러날 위험이 있다는 거다.

굳이 사람을 보충하려고 하지는 않을 것이다.

"둘 중 하나입니다. 멤버 중의 누군가가 한국인이든가, 아니면 누군가가 그들을 한국으로 초청했든가."

"초청?"

"그렇습니다. 그들에 대해 아는 누군가가 그들을 부른 거지요. 같이 해 먹자고요. 하지만 현실적으로 그 부분은 힘들 겁니다."

미국의 FBI도 잡지 못해서 혈안이 된 놈들이다.

그들을 찾는 것도 힘들지만, 찾는다고 한들 그들이 그 사람을 믿어 줄 가능성은 낮다.

"그러면 멤버 중의 한 사람이 한국 사람일 가능성이 높겠군."

"그럴 겁니다. 아마도 미국에서 추적이 심해지자 일단 한국으로 대피한 것이 아닐까 하는 생각이 드네요."

"그런 경우라면 한국 멤버가 주장했을 수도 있겠군."

"네. 그리고 거기에서 우리는 한 가지를 알 수 있습니다."

"어떤?"

"한국 멤버는 한국에서 살던 사람이라는 거지요."

만일 그가 미국에서 태어나서 미국에서 자란 사람이라면, 그저 한국말을 부모에게 배워서 하는 거라면 그가 굳이 한국을 추천할 리가 없다.

"범죄를 저지르기 위해서는 그 지역에 대해 잘 알아야 합니다. 특히 이런 범죄는 더더욱 그렇지요."

"하긴 미국에서는 아직도 한국이 가난하다고 생각하는 사람들이 많다고 하더군."

하지만 한국에 대해 잘 아는 사람들은 그렇게 생각하지 않는다.

"한국은 세계적인 경제 대국 중 하나이니까요."

물론 미국만은 못하지만, 그 대신에 미국에 비해 법이 약하고 수사 기술도 부족한 것도 현실이다.

"잠깐 쉰다는 의미로 들어온다면 나쁘지 않은 거지요. 물론 그 휴식이 관광이나 휴양을 뜻하는 것이 아니어서 문제이기는 하지만요."

"그런가?"

송정한은 눈을 찌푸렸다.

이 정도 범죄를 저지른 놈들이 한국에 쉬러 온다는 게 왠지 한심스러웠기 때문이다.

오죽 만만하면 한국을 도피처로 생각하겠는가?

"하지만 한국인이 있을 거라고 의심하는 것 말고는 딱히 뭔가 있지는 않군."

"현재로써는 그렇지요."

"자네 능력으로는 어떻게 안 되겠나?"

노형진은 송정한의 말에 긴 한숨을 내쉬었다.

송정한은 노형진의 능력을 일부나마 알고 있는 사람이다.

그러니 이번에 노형진에게 도움을 받을 수 있을 거라 생각했을 것이다.

사실 기억만 읽을 수 있다면 사건에 엄청나게 도움이 될 것이다. 기억 속에서 같이 일하는 패거리의 이름을 찾을 수 있을 테니까.

"그건 힘들 겁니다."

"어째서?"

"제 능력은 그들이 접촉한 뭔가가 있어야 합니다. 하지만 그런 게 전혀 없지 않습니까?"

아이를 납치하는 순간에도 그들은 철저하게 얼굴을 가렸다. 그리고 단 하나의 물품도 흘리지 않았다.

심지어 그들이 보낸 편지에도 관련 기억이 하나도 없었다.

그걸 만들 때 철저하게 자신들을 감췄다는 소리다.

손가락 하나 닿지 않도록 말이다.

아마도 실리콘 장갑 같은 걸 끼고 작업했을 가능성이 높다, 유전자나 지문이 남지 않도록.

"차량 내부에도 머리카락 같은 걸 흘리지는 않았을 테고요."

"그건 그렇더군. 유전자 검사 때문인지 모르겠지만."

"아마 그럴 겁니다. 그들은 기본적으로 돈만 준다면 납치 피해자를 살려 보냅니다. 그 말은 자신들의 어떤 것도 피해자에게 보여 주지 않는다는 거지요."

얼굴도 목소리도, 피해자들은 모른다.

"미국의 피해자들의 말로는 아예 밀폐된 공간에 따로 두었다고 하더군요."

밀폐된 공간에 문은 잠겨 있고, 아래쪽의 작은 배식구로
음식이 들어온다고 한다.

납치될 때는 얼굴이 가려졌고, 풀어 줄 때도 불이 꺼진 상
황에서 들어와서 얼굴에 두건을 씌우고는 끌고 나가서 사람
이 없는 곳에 떨구는 것이 그들의 방식이었다.

그리고 그게 뭘 의미하는지 송정한도 어렵지 않게 알 수
있었다.

"그러면 한국에도 근원지가 있다?"

"그럴 수밖에 없지요. 벌써 다섯 번째 시도입니다. 없다면
그럴 수가 없어요."

모든 준비를 하고 완벽하게 움직이는 놈들이, 공간도 확보
하지 않고 섣불리 사건을 저지를 리가 없다.

"그런데 왜 자꾸 죽이는 거지?"

송정한은 이해가 되지 않는 듯 말했다.

그런 준비를 했다면 적지 않은 돈이 들어갔을 것이다.

그런데 그들은 조금만 이상하면 바로 인질을 죽이고 사라
진다.

그 인질들이 상당한 부자인 점을 감안하면 효율적인 방식
은 아니다.

그러나 노형진은 그들에 대해 잘 알고 있었다.

"투자이자 경고죠."

레드하트라는 조직의 방식. 경찰에 알리면 죽는다는 그 방식을 홍보하기 위해 말이다.

"어차피 잃는 것은 자기 목숨이 아니까. 그렇게 해서 소문이 나면 누구도 경찰을 부를 생각은 하지 못하게 되니까요. 차라리 돈을 주고 풀려나는 게 안전하죠. 실제로 미국 정부도 피해자가 드러난 것보다 훨씬 많을 거라 생각하고 있습니다."

투자라는 게 뭔지 알아들은 송정한은 신음 소리를 냈다.

못 받아도 그만이라는 행동인 것이다.

실제로 그들은 별로 피해가 없다.

그저 피해자만 목숨을 잃을 뿐이다.

"실제로 레드하트의 피해자들 중에는 돈을 주고 풀려난 후에 신고하는 사람들이 많습니다."

그들의 행동이 소문이 나서였다.

위험하게 경찰에게 알려 주느니 차라리 돈을 주고 목숨을 건지는 게 나으니까.

"거기에다 그들이 요구하는 금액도 애매해요."

가령 이번 사건에서 요구한 30억. 분명 많은 돈이다.

하지만 송주학의 재산은 1천억이 넘는다. 그래서 그걸 처리하기 위해 전담 변호사가 필요할 정도였다.

"못 줄 돈은 아니다 이거군."

"네. 그들은 언제나 이런 식입니다. 부자라고 수백억씩 요구하지 않습니다. 그들이 낼 수 있는 수치를 계산하고, 그걸 감안해서 요구하지요. 즉, 그들 중에는 그걸 확인할 수 있는 놈도 있다는 거지요."

철저하게 분업화된 자들이다.

"한국에는 아직 이런 분업화된 납치 조직이 없었습니다. 하지만 미국이나 다른 곳들에는 제법 많지요."

미국에서 부자들이 괜스레 경호원을 대동하고 그들이 총을 들고 다니는 게 아니다.

한국에서는 아무리 악독한 부자라고 해도 날아온 돌에 맞는 정도가 끝이겠지만, 총알이 날아오고 납치 기업이 있는 미국에서는 살아남기 위해서는 무장이 필수다.

"그러니 한국에서 추적도 못 할 테고요."

지금까지 없었던 타입의 범죄다.

기존의 납치 방식에만 익숙한 한국의 경찰들은 쉽게 추적하지 못할 것이다.

"그러면 어쩌지? 이대로 그냥 기다릴 수는 없지 않나? 그냥 돈을 줘야 하나?"

송정한은 걱정스럽게 말했다.

"최악의 경우에는요. 경찰을 믿고 추적을 하면 100% 아진이는 죽습니다."

노형진은 인질범들에게 돈을 주고 타협하는 걸 싫어한다.

아니, 누구나 그렇게 생각한다.

"하지만 이 경우는 상대방이 너무 위험하고 프로입니다.

자존심을 세우기에는 그들의 방식이 너무 정밀해요."

노형진은 진지하게 말했다.

"만일 조금이라도 위험성이 있다면 돈을 주고 아이를 찾아오는 게 좋습니다."

"하지만 그랬다가는 다른 피해자가 생길 텐데……."

"그건 그때 문제입니다. 남을 위해 내 아이 목숨을 버릴 겁니까? 그리고 그렇게 해서 100% 그놈들을 잡을 수 있는 것도 아니지 않습니까?"

사실 그렇게 한다고 해도 그들을 잡을 가능성은 10% 미만이다.

"그러면 그놈들을 잡는 건 힘들겠군. 미국의 그 과학수사 팀도 잡지 못한 걸 우리가 잡는 건 무리일 테니."

노형진은 턱을 문질렀다.

그건 맞다. 한 가지만 빼고 말이다.

"그래도 우리가 미국보다 한 가지는 유리합니다. 납치범 중에 한국인이 있다는 걸 알고 있다는 거지요."

그리고 노형진의 생각이 맞는다면, 어쩌면 그를 찾을 수 있는 방법이 있을지도 모른다.

이틀째.

그들을 추적하기 위해서는 자료가 필요했다.

그리고 때마침 딱 그 자료를 가지고 있는 사람이 노형진의 최측근이었다.

"그 사건은 내 담당이 아닌데?"

오광훈은 고개를 갸웃하면서 물었다.

"그러면 누군데?"

"정호진."

"정호진?"

처음 듣는 이름이다.

노형진은 고개를 갸웃했다.

송주학은 1천억대 자산가다.

물론 그가 정치와 관련이 없는 사람이라고 하지만 그 천억 대 재산이라는 것은 절대 무시할 수 없는 수준이다.

그렇다면 좀 유명하거나 전도유망하고 야심 있는 사람이 붙어야 한다.

그런데 정호진이라는 사람은 처음 들었다.

"뭐 하는 검사인데? 부장검사 라인이야? 아니면 청장 라인? 혹시나 공안 쪽인가?"

노형진이 모든 검사들의 이름을 알고 있는 건 아니다.

특히나 권력형 라인인 공안 쪽은 엮일 일이 별로 없었다.

그러니 그쪽이 아닌가 하는 생각에 노형진이 갸웃하자 오광훈이 고개를 흔들었다.

"아니, 그 녀석 이번에 새로 배치된 초짜야."

"응?"

"완전 초짜라고."

"뭐? 그게 무슨 소리야? 이런 사건에 그런 사람을 배치할 리가 없잖아?"

사람의 목숨이 달려 있는 강력 사건이다.

다 같은 검사라고 해도 결국 실력이 다르고 경험이 다르기 때문에 어느 정도 실력과 경험이 생기면 그때 그 사람을 강력 범죄 쪽으로 붙이지 다짜고짜 '너 강력 사건을 해라.'라는 식으로 하지는 않는다.

"버려진 거지."

오광훈은 아주 당연하다는 듯 어깨를 으쓱했다.

"아니, 왜 버려?"

"이쪽에서 아주 소문이 파다해. 아차하면 모가지가 날아 갈 판국인데 누가 하려고 하겠어?"

"그게 무슨…… 아……."

앞서 실패한 네 건의 사건들.

그 사건들로 아이 두 명과 남자 한 명, 여자 한 명이 죽었다. 그리고 그 사건들을 담당했던 검사들에게는 날벼락이 떨어졌다.

그럴 수밖에 없다.

그들은 부자들을 정확하게 노린다.

그런데 검사들이 제대로 해결하지 못해서 가족이 죽었다.

만일 노형진이 조용히 오라는 말을 하지 않았다면 아마도 이번 사건 역시 죽음으로 끝났을 것이다.

오죽하면 검찰에서도 그들의 목적이 말로만 돈이라고 할 뿐 진짜 목적은 살인이라고 생각하고 있었을 정도다.

그러니까 돈을 가지고 협박하는 것은 경찰의 시선을 돌리기 위해 하는 일종의 쇼라나?

'미친 새끼들.'

노형진은 한숨이 나왔다.

자기들의 잘못을 인정하는 대신에 '이건 원래 살인 사건입니다.'라는 걸로 퉁치려고 했던 검찰과 경찰의 무능에 저절로 치가 떨렸다.

"벌써 그 사건으로 세 명이 징계 떨어졌어. 나머지 한 명도 그나마 라인이 있어서 징계만 면했지."

힘이 있고 권력이 있는 자들은 어딘가에 그 원한을 풀려고 한다.

그런데 범인은 누구인지도 모른다.

그러면 남은 게 어디일까?

"제대로 해결 못한 검사들한테 한다 이거군."

"그래."

노형진의 말에 오광훈은 혀를 끌끌 차면서 말했다.

"벌써 네 번이나 그랬고, 범인 특정은커녕 동선도 파악 못

했어. 그러니 다들 꺼리지."

"으음…… 그런데 왜 하필 그 정호진이라는 검사야?"

"그 사람? 로스쿨 출신이야."

노형진은 눈을 찌푸렸다.

로스쿨 출신이라는 말만으로 모든 게 설명되었다.

'벌써 시작됐구먼.'

장기적으로 사법시험이 사라지고 로스쿨과 변호사 시험으로 대체된다.

그러면 지금까지 사법연수원에서 뽑던 판사와 검사를 로스쿨 출신에서 뽑아야 한다.

그런데 사법연수원 출신들은 로스쿨 출신들을 무시한다.

하물며 변호사들 사이에도 그런 분위기가 팽배해서 로스쿨 출신 변호사라고 하면 의뢰도 맡기지 않는 판국인데, 판검사들은 어떨까?

좀 잔인하게 말하면 검사 취급이 아니다.

절대 평검사에서 못 벗어날 테니까.

'승진하기 전에 내쫓겠지.'

그러한 분위기는 사법시험 출신들이 대부분 사라지기 전까지는 아마 계속 이어질 것이다.

어쩔 수 없다.

검찰은 사법연수원에서 나오는 기수로 기강을 잡는다.

그 기수 통제는 아주 강력해서, 만일 후임 기수가 자신들보다 더 높은 자리에 올라가면 그 위의 기수는 일괄적으로 사직서를 내는 게 전통이었다.

오죽하면 검찰을 개혁하는 가장 강력한 카드가 저 아래 기수를 검찰총장으로 임명하는 거라는 소리가 있을 정도다.

그러면 지금까지 버티던 적폐들이 한꺼번에 모조리 사표를 낼 테니까.

하지만 로스쿨 출신은 그 기수 문화에서 완벽하게 벗어나 있다.

그러니 당연히 기존 검찰에서 아예 사람 취급하지 않는 것이다.

자기 라인이 아니니까.

"버리는 패라 이거군."

"검찰도 해결할 방법이 없으니까."

어깨를 으쓱하는 오광훈.

"네가 하는 말이 맞는다면 한국에서는 더 방법이 없지. 기업형 납치 조직이라니, 하. 그런 건 처음 들어 봤다."

"보통은 치안이 안 좋은 곳에서 많이 나타나지."

"그런데 한국은 치안이 안 좋은 건 아니잖아?"

"한국이 치안이 안 좋은 건 경찰이나 검찰의 능력이 좋아서가 아니라 국민성이 범죄와는 거리가 멀기 때문이야."

가령 자신에게 누군가 누명을 씌운다고 하면 한국 사람들은 억울하다고 하면서도 그에게 해를 끼칠 생각은 못 한다.

그러나 미국이나 다른 나라는 누군가 누명을 씌우고 자신의 인생이 끝장났다고 생각하면 상대방에게 보복을 한다.

실제로 어떤 사람은 시의 정책 때문에 자신이 망할 처지가 되자 불도저를 개조해서 완전 방탄 상태로 만들고는 시청과 시장의 집 그리고 자신을 처벌했던 판사와 검사의 집 등을 완전히 박살 내 버리고는 자살했다.

"하여간 그 사건은 내 소관이 아니라서 뭐라고 말을 못 하겠네."

"그래도 네가 필요해."

"아니, 왜?"

"너 지난번에 미국으로 갔다가 돌아오지 않은 사람들에 관한 자료 가지고 있지?"

"응? 아, 그 자료? 가지고 있지."

사기꾼을 잡아내기 위해 오광훈은 그 자료를 검색했고, 적지 않은 해외 도피 범죄자들을 찾을 수 있었다.

"그 자료는 왜?"

"지금 이 사건에 한국인이 끼어 있을 거라고 의심하고 있거든."

"한국인이? 그게 무슨 소리야?"

노형진은 송정한과 한 이야기를 그대로 들려줬고 오광훈은 눈을 반짝거렸다.

"오오? 그러면 잡을 수도 있을지도 모르겠네?"

"그건 모르지. 하지만 내 예상이 맞는다면 미국으로 출국한 적이 있다는 거니까."

"그러네. 하지만 내가 가진 자료는 그중에서 누가 들어오지 않았느냐 정도야. 설마 미국으로 출국한 모든 사람들의 자료를 내가 가지고 있겠냐? 그건 불가능하다고."

"알아. 그러니까 내가 온 거야. 이런 짓을 저지른 놈들이 설마 착하게 살다가 미국에 갔겠냐?"

"음?"

"생각해 봐. 이건 살인까지 연관된 사건이야. 멀쩡한 사람이 어느 날 갑자기 '아, 오늘부터 사람을 납치해서 돈을 뜯어내고 안되면 죽어 버리자.'라고 하겠냐?"

당연히 그런 사람은 없다.

어찌 되었건 그런 사람들은 과거에 범죄와 연관되었을 수밖에 없다.

"그런데 미국은 비자가 빡빡하거든."

하물며 작은 범죄 기록이라도 하나 있으면 입국이 불허되는 게 미국이다.

그런데 시간으로 보면 그가 거기서 산 기간은 절대 짧지 않다.

관광 비자도 안 주는 미국이 과연 그에게 영주권을 줄까?

"오호? 그러니까 타인의 명의로 들어갔다?"

"그래, 그리고 타인 명의라면 한국에 쉽게 들락날락하지는 못하겠지. 하물며 미국에서 범죄를 저지르면 말이지. 그리고 이런 범죄를 저지른 놈이 잡범은 아닐 거야. 비슷한 짓을 저지른 흔적이 있을지도 모르지."

"흠…… 잠시만. 보통 사기꾼을 추적하기는 하는데 다른 범죄가 있을지도 모르지, 네가 한 말처럼."

오광훈은 고개를 끄덕거리고는 자료를 가지고 와서 이리저리 넘기기 시작했다.

미국에서 잡은 사람들이 표시되어 있었는데, 추적이 불가능한 사람들은 그다지 숫자가 많지 않았다.

"이 정도야."

"이 중에서 한국에서 추적된 숫자는?"

"왜?"

"한국에서 추적이 가능했다면 결국 빌려준 사람들을 만났다는 거 아냐?"

"그렇지."

"그러면 누군가에게 빌려줬다는 걸 안다는 거고."

"아, 그러네."

실제로 한국에 체류 중인 진짜 신분을 가진 사람들을 만나서 체포하고 진술을 받았다.

당연히 그들에게 신분을 빌려준 사람들의 신분도 확인되었고 말이다.

"그중에서 의심스러운 범죄가 있는 사람을 확인해 봐야지.

사기꾼이 갑자기 인신매매범으로 돌변하지는 않을 테니까."

"너 가끔은 무섭다니까."

오광훈은 혀를 내두르면서 서류를 뒤적거렸다.

그러나 그 안에서 의심스러운 사람은 나오지 않았다.

하긴 신분을 사서 도망간다는 것 자체가 어느 정도 여건이
된다는 거니까.

"아무래도 이 안에는 없나 본데?"

"우리가 추적하지 못한 다른 사람의 신분을 빌린 건가?"

"그럴 수도 있지."

수년간 계속 벌어진 범죄다.

국내에 있던 사람이 죽거나 하는 일이 벌어질 수도 있으며
그 경우 추적은 불가능하다.

"아, 씁……. 제대로 꼬리 잡나 싶었는데."

오광훈은 툴툴거리면서 말했다.

이건 그가 보기에도 엄청 큰 건이니까.

"그러면 다른 식으로 추적해야 하는데, 이거 도와줄 만한
사람이 없는데."

"아니, 도와줄 사람이 있어."

"응? 누구?"

"조만간 자리 만들게. 너도 그 정호진이라는 사람을 데리
고 와."

"그 사람은 왜?"

"미래를 위해서는 투자를 해야지, 후후후."

⚖️

사흘째.

정호진은 침을 꿀꺽 삼켰다.

검찰에서는 상명하복이 뚜렷하다.

선배 검사는 하늘이라고 봐도 무방하다.

그중에서도 오광훈은 여러모로 유명한 사람이다.

'한때는 냉혈 인간, 지금은 열혈 인간.'

돌변한 이유는 모른다.

그러나 피해자의 눈물에도 눈도 깜빡 안 하던 인간이 갑자기 열혈이 되어서 상부를 들이받기까지 한다.

더군다나 오광훈은 새론과 함께 일하고 있다.

새론의 지원을 받으면서 세력을 키우며 검찰청 내부의 한 축이 되었고, 이제는 무시할 수 없는 수준의 힘을 가지고 있다.

그런 오광훈이 보자고 했을 때 그는 너무 긴장되어서 온몸이 떨렸다.

"안 잡아먹는다. 뭘 그렇게 떨어?"

"아니…… 아닙니다, 선배님."

"선배님은 무슨. 그냥 형님이라고 불러."

"네? 하지만……"

정호진은 안다, 자신 같은 로스쿨 출신 검사들이 어떤 취급을 받는지.

철저하게 무시당하고, 검사로서 인정도 받지 못한다.

그나마 선배 로스쿨 검사들이 제대로라도 해 놨으면 모르는데 수준 미달의 녀석들이 사고를 친 덕분에 분위기는 더더욱 싸늘해졌다.

작년에는 로스쿨 출신 검사가 강간 피해자를 강간하는 병크를 터트리는 바람에 로스쿨 출신은 아예 자격 미달이라는 이미지가 박혀 버렸다.

"노 변호사님이 왜 저를 보자고 하신 건지……?"

"노형진이 이번에 네가 하는 사건을 맡게 된 것 같더라."

"제가 맡게 된 사건? 하지만 그러면 이건 불법인데……."

"아니, 네가 공소 제기한 거 말고 그 납치 사건."

"아……."

정호진은 고개를 끄덕거렸다.

그가 아무리 노력해도 도무지 방향도 잡을 수 없는 사건이다.

이미 위에서는 그를 버리는 패로 확신하고 있는 상황.

"그런데 왜 저를……?"

"뭐, 도와줄 만한 사람이 있다던데?"

"이 사건을요?"

정호진이 고개를 갸웃하는 그때, 노형진이 다가왔다.

"아, 왔네."

"늦었네. 이쪽은 정호진. 이쪽은 노형진 변호사."

노형진의 말에 오광훈은 정호진을 소개시켜 줬다.

"정호진이라고 합니다. 잘 부탁드립니다."

정호진은 그렇게 말하면서 옆에 있는 사람을 바라보았다.

검은 양복을 입은 남자는 무표정한 얼굴로 이쪽을 바라보고 있었다.

"이분은 누구시지요?"

"CIA 한국 담당자 제리 강."

"네? 그냥 강훈이라고 부르시면 됩니다. 한국계 미국인입니다."

한국인이라고 생각했는데 뜬금없이 CIA라니? 정호진의 눈이 격하게 떨렸다.

"어떻게 된 겁니까, 선배? CIA라니요?"

"음? 이야기해 주지 않았나?"

"뭘요?"

"모르나 보네. 그 레드하트는 원래 미국 조직입니다."

노형진은 사정을 설명했다.

레드하트가 미국의 범죄 조직이라는 것에 대해 전혀 모르고 있었던 정호진은 입을 쩍 벌렸다.

"일반적으로는 CIA가 이런 사건까지는 하지 않지만 레드하트는 완전 요주의 조직이야. 미국에서도 가진 사람들을 노렸거든. 피해자 중에는 장관 가족도 있고."

그렇다 보니 노형진이 연락했을 때 CIA는 기꺼이 도움을 주기로 했다.

그 미친놈들을 잡아야 하니까.

"그 미친놈들이 한국에 있는 줄은 몰랐습니다. 미국에서는 그놈들을 잡으려고 이 잡듯이 뒤지고 있었는데 말이지요."

"아무래도 정보가 없으니까요."

최소한의 정보라도 있어야 추적할 방법이라도 있으니까.

"일단 레드하트에 관한 정보를 알려 주시지요."

"레드하트는 현재까지 미지에 싸여 있는 조직입니다."

인원도 구성도, 심지어 숫자도 모른다.

다만 열 명 이상 정도로 예상하고 있고 인종도 다양하다고 판단하고 있다.

"그리고 보스는 인텔리라고 생각합니다."

"인텔리?"

"네. 납치도 막무가내로 한 것이 아닙니다. 동선을 파악하고 저항하지 못하게 할 방법과 그 이후에 잠수 타는 방법까지 모두 계산하고 있습니다. 더군다나 그들은 상대방의 재력을 정확하게 알고 그에 맞는 돈을 요구합니다. 신고해서 위험부담을 가지느니 차라리 주고 말 그 정도의 금액 내에서요."

강훈의 말에 정호진의 얼굴은 딱딱하게 굳었다.

그런 조직이 한국에 들어온 줄은 몰랐으니까.

"그들은 오랜 경험을 가지고 있습니다. 그리고 그 안에는 아마도 수사 경험이 있는 자가 있을 거라고 생각하고 있고요."

그들은 미국의 모든 추적을 따돌리고 도망 다녔다. 정상적인 상황이라면 절대 그럴 수가 없다.

즉, 누군가 어드바이스를 해 주었다고 볼 수밖에 없는 구조.

"도대체 미국에서 얼마나 해 먹었기에 CIA까지 끼어든 거야?"

오광훈은 고개를 갸웃하며 물었다.

CIA는 첩보 조직이지 범죄자를 뒤쫓는 자들이 아니다.

그런데도 불구하고 그들의 정보를 가지고 있다는 건, 레드하트가 상당히 위험한 인간들이라는 소리다.

"미국에서 한화로 230억 정도 한 걸로 생각하고 있습니다."

"얼마요?"

"230억 원입니다. 물론 이건 공식적으로 드러난 사건에 한해서입니다."

돈을 주고 풀려난 후에 보복이 두려워서 신고하지 않은 사람들까지 생각해 보면 그 금액은 더 커질 수밖에 없다.

"이런 경우는 사실 신고하지 않는 사람들이 많습니다. 보복이 두려우니까요."

강훈은 심각한 얼굴로 말했다.

"수십억을요?"

"수십억이 한국에서는 많은 돈일지도 모릅니다만 미국에서는 좀 다릅니다. 물론 적은 돈은 아니지만 미국에는 한국보다 훨씬 더 많은 수의 부자들이 있습니다."

"으음……."

"당장 하와이의 대형 저택들은 대부분 200억이 넘습니다. 그런 저택들의 숫자는 수천 채가 넘지요."

한국에서는 200억대 이상의 저택은 거의 없다고 봐야 한다.

"국가가 큰 만큼 부자들이 많습니다."

그리고 그들은 부자들을 아주 효율적으로 노릴 줄 안다.

"그들은 그쪽으로는 전문가들입니다. 일반 갱단이 아닙니다."

최소한의 변수라도 있으면 아예 일에 착수도 하지 않는다. 위험이 보인다 싶으면 시도도 안 한다.

"전문가들로 이루어진 집단이군요."

정호진은 들으면서 살짝 소름이 돋았다.

세상에 그런 조직이 있을 거라고는 생각도 못 했으니까.

"특수한 경우지요. 그 정도 능력을 가지고 있는 자들이 뭉쳐서 특정 범죄를 저지르는 경우는 드무니까요."

물론 갱단이 뭉쳐서 뭔가를 할 수는 있다.

하지만 이들은 감시에서부터 계획적으로 작전을 세워 실행한다.

심지어 경호원을 제압할 때 보여 준 격투 실력을 감안하면 그들은 각 분야에서 내로라하는 전문가 집단이라고 봐도 무방하다.

"그 정도의 전문가 집단이라면 도리어 특정하기가 쉽지 않나요?"

오광훈은 고개를 갸웃했다.

그 정도 능력을 가진 사람이 많지는 않으니까.

"아니, 쉽지 않아. 도리어 미국은 보안 때문에 더 힘들지."

"보안 때문에 힘들다고?"

"그래. 각 조직은 그 조직에 속한 사람들의 신분을 드러내지 않으려고 하거든. 네이비씰이나 그린베레 같은 곳도 특수한 경우가 아니면 자기네 출신은 공개하지 않아."

"아니, 왜?"

"보안 때문에."

"그놈의 보안은."

"어쩔 수가 없습니다. 미국은 전쟁 중인 국가이니까요."

그린베레나 네이비씰은 세계적인 특수부대다.

당연히 그들은 실제 전투에 투입되기도 한다.

그중에는 외부에 드러내지 못할 작전도 있다.

"그렇다 보니 이야기를 할 수가 없지요."

실제로 신분이 드러난 사람들에게 보복이 들어올 수도 있기 때문이다.

최악의 경우는 그가 납치되어서 관련 정보를 말할 수도 있으니까.

"그렇다 보니 그들을 모아서 뭔가를 하는 건 쉽지 않습니다."

심각한 얼굴이 되는 강훈.

"그러면 한국에 들어온 전문 요원들을 추적해 보는 건 어떻습니까?"

정호진은 고개를 갸웃하며 물었다.

"아까도 말했지만 그들의 신분을 모르는 데다가 그들은 가짜 신분도 가지고 있다고 의심하고 있습니다."

그럴 수밖에 없다.

그들을 잡기 위해 미국은 모든 방법을 동원했다.

심지어 그 지역에 있던 모든 사람들의 신분을 추적해 보기도 했다.

같은 곳에 겹치는 사람이 있다면 추적할 생각이었던 것이다.

"하지만 겹치는 사람이 하나도 없었습니다. 그 말은, 그들이 다른 신분을 가지고 돌아다닌다는 거지요."

강훈은 심각한 표정으로 말했다.

"전문가들에게 가짜 신분은 중요하니까요."

그걸 전문적으로 만들어 주는 범죄자도 있는 만큼 그들에게 부탁해서 만드는 건 어려운 일이 아닐 것이다.

그 정도 전문가적 경험이 있는 자들이라면 불법적으로 가짜 신분을 만들어 주는 자들과 알고 지낼 가능성도 높고 말이다.

"하지만 그렇다고 해도 한 가지 말이 안 되는 부분이 있습니다."

강훈은 노형진을 바라보며 물었다.

"노 변호사님은 그들이 한국어를 잘 쓴다고 해서 한국인이 속해 있을 거라고 하셨지요?"

"그렇게 예상하고 있기는 합니다. 도피처로 한국을 선택한 것도 그렇고요."

사실 영어권에서 도피하려고 한다면 한국은 그다지 좋은 선택지는 아니다.

일단 언어가 안 통하는 데다가, 범죄인인도 조약이 체결되어 있어서 잡힐 수도 있고, 치안도 안정되어 있기 때문에 숨어 지내는 것도 쉽지 않으니까.

"물론 한국이 다른 나라보다 경제 대국이기는 합니다. 하지만 표적의 돈만을 노린다고 생각하면 결국 다른 나라도 마찬가지입니다."

다수의 하위층을 노리는 게 아니라 극소수의 상위층을 노리는 게 그들의 방식이다.

"어딜 가나 부자는 그들의 세계가 있으니까요."

가령 한국에서 가난한 나라라고 생각하는 동남아 국가들을 보자.

그들 대부분은 분명 가난하다.

하지만 과연 그들 모두가 가난할까? 아니다.

그들 중 부자들은 한국 부자들 못지않게 돈이 많다.

"아니면 중국을 생각해 보세요."

중국의 부자들은 한국의 부자들과는 비교도 못 할 만큼 돈이 많다.

이것이 법이다

더군다나 중국은 치안도 좋은 편이 아니다.

"게다가 부정부패가 엄청 심하기 때문에 뒷수습하기도 편하지요."

대놓고 부정한 사람을 노려서 돈을 뜯어내면 그 사람이 신고하고 중국의 공안을 통해 수사를 할까?

"그럴 리가 없습니다. 애석하게도 그건 힘들거든요."

중국 공안의 납치 수사 실력은 형편없다.

중국에서 납치되어 팔려 가는 숫자가 한 해에 몇만에서 몇십만인데 제대로 해결도 못하는 게 중국 공안이다.

심지어 길바닥에서 부모를 때려눕히고 애를 납치해서 손과 발을 잘라 구걸시켜도 못 잡는 게 중국 공안이다.

"물론 부자들이다 보니 좀 더 신경은 쓰겠지만요."

그렇다고 해서 실력이 나아지지는 않는다.

"도리어 부정하게 돈을 모은 자들은 돈을 주고도 입을 다물어야 합니다. 정부에서 그 돈이 어디서 나왔냐고 물으면 자기 목이 날아가니까요."

그러니 그들이 사업하기에는 중국이 더 유리하다.

"하지만 그들은 한국으로 왔습니다. 왜일까요?"

"으음……."

강훈은 잠깐 고민했다.

사실 고민할 필요도 없었다.

"한국인이 조직 내에서 상당히 강한 발언권을 가지고 있다고 생각하시는 거군요."

"네."

어차피 돈을 벌 거라면 돈이 더 되는 곳으로 가야 한다.

그런데 그들은 한국으로 향했다.

"하지만 중국에서 잡히면 사형 아닌가? 죽기 싫어서 한국에 온 거 아냐?"

오광훈은 고개를 갸웃하면서 물었다.

"하지만 한국은 사형을 집행하지 않잖아? 그러니까 고를 수도 있지."

노형진은 그 말에 고개를 흔들었다.

그런 거라면 차라리 중국이 낫다.

"그들이 한국에서만 범죄를 저지른 거라면 그렇지. 하지만 그들은 한국보다 미국에서 더 많은 범죄를 저질렀어. 단순히 돈만 빼앗은 게 아니라 실제로 사람을 엄청나게 죽였고."

위험부담을 가지고 협상하는 대신에 수틀리면 죽인다는 방식을 가지고 있는 그들 때문에 죽은 사람은 어마어마하다.

"그런데 미국에서 송환 요청 안 하겠냐?"

"아……."

그리고 한국에서는 미국에서 송환 요청을 하면 보내 주지 않을 수가 없다.

"결국 죽는 건 마찬가지라는 거지."

물론 죽기 직전까지 좀 더 안락하냐 아니냐의 문제가 있을 수는 있다.

"하지만 그런 걸 생각하는 놈들이면 범죄를 저지르지도 않지."

"그건 그러네."

오광훈은 고개를 끄덕거렸다.

강훈 역시 동감한 듯 입을 열었다.

"확실히 그렇기는 하네요. 미국에서 납치 범죄로 큰돈을 벌었지만 그렇다고 잘 알지 못하는 지역으로 옮겨 가지는 않을 테니까요."

"맞습니다. 사실 세계경제 구조만 보면 영국이나 프랑스 쪽으로 가는 것도 나쁘지 않지요. 거기는 영어가 통하니까요. 하다못해 일본도 있고요."

하지만 그들은 뜬금없이 한국에 왔다.

그걸 보면 한국에 대해 잘 알고 있다고 봐야 한다.

"한국인이라……."

강훈은 조용히 눈을 감았다.

확실히 한국은 미국의 우방으로 분류되기 때문에 한국인에게는 무비자가 제공되는 등 감시가 소홀한 면이 있다.

더군다나 CIA는 원래 첩보 조직이지 범죄 추적 조직이 아니다. 그래서 범죄자에 대한 자료는 더더욱 없다.

"그래서 제가 오 검사에게 의심스러운 사람을 찾아보라고 했지요."

"의심스러운 사람?"

"그렇습니다."

노형진은 고개를 끄덕거렸다.

"결국 새로운 신분을 사는 건 돈 문제도 있지만 인맥 문제
도 있거든요."

그리고 노형진은 그 인맥을 뒤지면 뭔가 나올 거라 생각했다.

"아마 조만간 답이 나올 겁니다, 후후후."

탐욕은 성장하는 법

　나흘째.

　오광훈은 노형진이 말한 대로 정호진과 함께 미국으로 간 신분을 빌려준 사람들 중 추적하지 못한 사람들을 확인했다.

　정확하게는 그 주변에 의심스러운 사람이 있는지 알아봤다.

　－이건 누가 봐도 범죄야. 돈 때문에 빌려주는 사람도 있기야 하겠지만 대부분의 경우 어느 정도 관계도 있어야 하지. 돈 때문에 출국할 때 필요한 신분을 빌려주면 처벌받을 수 있다는 걸 대부분 알거든.

　그래서 오광훈은 역순으로 그들 주변을 검사하기 시작했

고 얼마 지나지 않아서 의심스러운 존재를 찾아냈다.

"안충수. 나이는 현재 50세야. 실종 상태지."

"실종?"

"정확하게는 실종 신고도 안 되어 있어. 하지만 어느 순간 갑자기 시스템에서 뿅! 하고 사라졌어."

시스템에서 사라졌다는 것. 그건 한국에서의 움직임이 없어졌다는 것이다.

"그런데 재미있는 건 말이지, 그에게 형제가 있다는 거야. 안성수. 살아 있다면 현재 55세."

"살아 있다면?"

"10년 전에 암으로 사망했어."

노형진은 혹시나 하는 생각이 들었다.

"설마?"

"맞아. 안성수는 한국에서 사망했는데 출국 기록이 있어. 그리고 들어온 기록은 없지."

그러면 대충 그림이 그려진다.

안충수가 안성수가 죽기 전에 그의 이름으로 출국한 것이다. 하지만 안성수가 사망하면서 신분이 말소된 거고.

"그리고 실종 신고가 되지 않았다는 것은 가족들이 그 사실을 알고 있었다는 거지."

"흠……."

노형진은 턱을 스윽 문질렀다.

대충 상황이 나왔으니까.

그러면 남은 건 하나뿐이다.

어떻게 안충수가 그들과 합류했느냐는 것.

"안충수의 죄목이 뭔데?"

단순히 한국이 싫다고 해서 명의까지 도용해 미국으로 도망가지는 않았을 것이다.

신분까지 도용해 가면서 도망갔다는 것은 범죄. 그것도 아주 강력한 범죄를 저질렀다는 거다.

"특정 경제 범죄 가중처벌법 위반."

쉽게 말해서 경제사범이라는 거다.

"원래는 주식 딜러였어. 하지만 거래하던 돈을 모조리 그 뭐냐…… 뭐더라…… 뭐였지? 그…… 짜고 치는 고스톱."

"작전주?"

"맞아, 작전주. 거기에 꼬라박았지."

"그걸 몰라서 짜고 치는 고스톱이라고 한 거냐? 끄응."

노형진은 머리를 절레절레 흔들었다.

"무슨 상황인지 알겠네."

작전주를 하기 위해서는 돈이 많이 필요하다.

그런데 그는 주식 딜러로 나름 이름을 날리고 있었기에 실제로 운영할 수 있는 돈이 있었다.

"그 돈으로 작전을 했구먼."

당연히 그 수익은 자신이 먹었고, 그렇게 작전주에 들어간

다른 투자자들의 돈은 하늘로 사라져 버렸다.

"그리고 튀었지. 10년 전에 사라질 때 대략 120억 이상 들고 튀었으니까."

그러면 엄청나게 크게 해 먹었다는 소리다.

"혼자서 한 거야?"

"그래, 주식 딜러라는 부분을 이용해서 말이지."

"머리 겁나 좋은 놈이구먼."

마치 레드하트처럼 말이다.

"하지만 그 녀석은 사기꾼이잖아. 그런 놈이 갑자기 살인자로 변한다고? 그건 네가 말한 범죄자의 속성을 생각하면 불가능한 거 아냐?"

노형진은 오광훈의 말에 고개를 흔들었다.

"단독 범죄라면 불가능하지. 하지만 집단에 속해 있다면 가능해."

"어떻게?"

"가령 과거의 마피아를 생각해 봐. 그 안에는 총 들고 사람을 죽여 대는 놈들도 있었지만 그냥 회계를 보거나 갱단에 속한 술집에서 술을 팔던 직원도 있었어. 그런 자들에게 내가 사람을 죽인다거나 납치해서 고문한다거나 하는 인식이 있었겠어?"

"없겠군."

"사람들은 직접 범죄를 저지른 것이 아닌 경우 그 범죄가

자기와 관련 없다고 생각해. 과거의 그 의약품 사건을 생각해 봐."

신약이 나왔는데 의사들은 그 약을 사용하지 못하도록 했다. 그걸 쓰지 않음으로써 사람들이 숱하게 죽어 나갔지만, 그들에게 중요한 것은 제약회사에서 받는 돈이었던 것이다.

"그들에게 환자의 목숨은 직접적으로 관련이 없다고 생각한 거지. 자기가 죽인 게 아니니까."

"으음……."

실제로 마피아나 갱단에서도 사람을 죽이고 납치하는 것은 소수다.

나머지는 수금을 한다거나 겁을 주는 정도일 뿐이다.

그들은 자신들이 사람을 죽인다는 개념이 별로 없다.

"현실적으로는 말려 죽이지만. 그런 말이 있잖아, 핵의 가장 무서운 점이 사람을 죽이는 느낌이 없는 거라는 말."

핵은 그냥 버튼 하나만 누르면 날아간다.

그리고 그 버튼을 누르는 사람은 사람을 죽인다는 느낌이 없다. 그저 버튼을 누른 것으로 끝일 뿐이다.

"그런가?"

오광훈은 고개를 갸웃했다.

하긴 그는 그런 느낌을 받은 적이 없을 테니까.

"그나저나 의심스러운 놈은 이놈인데 말이지. 그 녀석이 한 일이 뭘까?"

"아마도 표적의 선별 아닐까? 딜러 출신이야. 실력이 없는 것도 아니고."

그는 그 작전주로 작업하기 전까지는 나름 인정받는 사람이었다.

다만 돈에 눈이 멀어 작전주로 작업하고 도망간 것뿐이다.

"그러니 그가 신분을 속이면 투자 쪽 회사에 들어갈 수도 있겠지."

그리고 그 안에서 적당한 표적을 선별하는 것이 그의 임무였을 거라 노형진은 생각했다.

"표적 선별은 중요해. 현실적으로 이 사람이 부자라는 흔적은 추상적인 경우가 많거든."

"아니, 그게 어떻게 추상적이야?"

"그들은 정해진 기간 안에 돈을 받아서 잠수해야 해. 부자라고 해도 현금 자산에 대한 정보가 없으면 의미가 없지. 하우스 푸어라는 말이 있잖아."

강남에 48평 아파트 100채를 가지고 있다고 해도 그게 즉 현금이 쌓여 있다는 의미는 아니다.

실제로 수백 채의 아파트를 담보를 통해 쌓아 올린 사람도 존재하니까.

"좋은 옷? 좋은 차? 좋은 시계? 그게 현금을 증명하지는 않아. 현금을 증명하는 것은 언제나 계좌에 있는 숫자일 뿐이야."

그리고 그게 부자를 알아낼 때 가장 힘든 일이다.

좋은 집에서 좋은 차를 끌고 좋은 옷을 입고 있다지만 가지고 있는 현금은 지극히 적을 수도 있으니까.

"그렇게 선별한 거라고?"

"그래. 그리고 그런 재산 관리 회사 같은 곳에 들어가서 정보를 빼낸다면 훨씬 작업이 쉽지."

노형진의 말에 오광훈은 턱을 문질렀다.

자신의 입장에서는 좀 복잡한 일이니까.

물론 들어간다는 것까지는 알겠지만…….

"아, 몰라. 알겠는데 모르겠다. 그런데 중요한 건 그게 아니잖아? 시간 이제 사흘 하고도 조금 더 남았어."

경찰과 정호진이 총력을 기울여 추적 중이다.

하물며 CIA까지 총력을 기울이고 있는데 정작 관련 정보는 아무것도 없었다.

"안충수가 자기 신분으로 들어왔을 리가 없으니 추적은 불가능할 테고. 가족들이 도와줄까?"

오광훈의 말에 노형진은 고개를 흔들었다.

"경제 사기는 자기들에게도 돈이 들어오는 데다가 당장 눈에 피해자가 안 보이니 도와줄 수도 있어. 하지만 이런 범죄는 실질적으로 피해자가 눈에 보이니까 도와주기 힘들걸."

"어차피 범죄자잖아?"

"좀 다르지."

경제 사기는 사기범을 도와준다고 해도 가족들이 받을 불이익이 작다.

가족으로서 도와준 것뿐이고 경제 사기 자체는 몰랐다고 하면 그만이니까.

실제로 그런 식으로 벗어나는 경우도 많다.

"하지만 이건 납치와 감금 그리고 살인까지 섞여 있어."

이건 도와주는 순간 공범이 되며, 잡히면 최소 20년 이상, 최악의 경우 사형까지 감안해야 하는 상황이다.

"무려 10년 전에 사라진 사람이야."

그사이에 그가 가족을 도와줬는지는 알 수 없다.

하지만 일반적인 범죄자의 성향을 생각하면 그랬을 거라고 보기는 힘들다.

일단 돈을 보내 주면 자신의 신분이 드러날 가능성이 높으니까.

가족이야 가족이니까 도와줬다지만, 10년이라는 시간은 그와 가족 사이에 벽을 만들고도 남는다.

"그런데 그런 사람이 10년 만에 나타나서 살인을 도와 달라고 하면 누가 도와주겠어? 더군다나 직접적으로 연관된 사람도 없다면서."

10년 전 그가 사라지기 전에는 부모님도 살아 계셨고 유일한 형제였던 형도 살아 있었다.

그리고 아내와 아들도 있었다.

하지만 부모님도 형도 죽었고, 한국에 버려진 아내와 아들은 그가 저지른 범죄 때문에 평생을 시달리면서 이리저리 쫓겨 다녀야 했다.

"그런 상황에서 누가 도와줘? 조카가? 그럴 리가 없지."

노형진은 어깨를 으쓱했다.

그러니 그 가족들을 추적하는 것도 의미가 없을 것이다.

"결국 돈을 주는 순간을 노려야 한다는 건데. 추적 장치를 달아야 하나?"

"그거 모를까. 미국에서 안 해 봤겠나?"

"응? 했어? 그런데 못 잡았어?"

"이 영악한 새끼들이 가방을 통째로 전자레인지에 돌렸다더라."

"뭐?"

"대형 전자레인지에 가방을 넣고 돌렸다고."

추적 장치는 전자 제품이다.

당연히 전자파가 나오는 전자레인지에 돌리면 고장 날 수밖에 없다.

"하지만 돈은 잠깐 돌리는 정도로 상하지 않거든. 물론 불꽃 때문에 약간 그을음이 생길 수야 있지만 그게 대수겠어?"

"헐, 미친놈들."

"미친 게 아니라 똑똑한 거지."

추적을 피할 줄 아는 거다.

그 작은 추적 장치에 전자파 방어 장비를 넣을 방법은 없으니까.

"그런데 그런 걸 아는 사람이 얼마나 되겠어? 그래서 CIA가 전문가 집단이라고 확신하는 거야."

"그러면 추적할 방법이 없는 거야?"

"아니, 없지는 않아. 이때쯤이면 슬슬 들어올 때가……."

노형진이 힐끔 시계를 보는 그때, 문이 빼꼼 열리더니 여직원이 종이 뭉치를 들고 왔다.

"여기예요. 각 회사별로 근무자들의 기록이에요."

"감사합니다. 드디어 왔네요."

노형진은 반색하며 받아 들었고 오광훈은 고개를 갸웃했다.

"이게 뭔데?"

"각 투자회사에 있는 동양인 직원들 사진."

"뭐? 그걸 그렇게 순순히 줘?"

"줄 수밖에 없지."

노형진은 마이스터 투자금융 회사를 움직일 수 있다.

물론 거기에서 자료를 달라고 해서 주지는 않겠지만, 직원 중에 의심스러운 사람이 있다고 하면 이야기는 전혀 달라진다.

"투자회사에서 가장 중요한 사람은 직원이 아니라 투자자들이야. 그런데 직원이 투자자들의 정보를 가지고 도망가서 범죄를 저지른다고 하면 투자회사 입장에서는 심각한 문제거든."

"아하!"

그러면 당연히 줄 것이다.

자기네 투자자를 보호하기 위해서라도 말이다.

"더군다나 그쪽에는 생각보다 아시아 계열이 많지 않아."

미국은 여전히 인종차별이 심한 나라 중 하나다.

그리고 투자금융 쪽은 더더욱 인종차별이 심하다.

"그런 곳에서 아시아 쪽 근무자, 그것도 퇴직자가 얼마나 되겠어?"

지난 10년간 한 회사당 따진다고 해도 열 명도 안 될 가능성이 높다.

거기에다가 그런 회사들이 많은 것도 아니다.

피해자들이 속해 있었던 회사만 골라내면 되니까.

"더군다나 우리에게는 안충수의 사진이 있잖아. 그러니 그 사진과 비교하면 찾아내는 건 어려운 일이 아니지."

"허."

노형진은 웃으면서 퇴직자들의 사진들과 안충수의 사진을 비교하기 시작했다.

오광훈 역시 함께 사진을 고르기 시작했고 20분도 되지 않아서 한 남자를 고를 수 있었다.

"이 사람이군."

사진을 보고 비교하자 금방 튀어나온 남자.

그는 여느 사람들처럼 평범하게 양복을 입고 웃고 있었지만, 유감스럽게도 그 사진은 여러 회사에 공통적으로 속해 있었다.

"잡은 것 같지?"

노형진은 싱긋 웃으며 말했다.

노형진은 그가 쓰던 이름 중의 하나를 이용해서 한국에 입국했을 거라 생각했다.

그리고 강훈은 그 이름을 검색해서 실제로 입국한 기록을 찾아냈다.

"안도 하시모토라는 이름으로 들어왔군요."

원래는 다른 회사에 있었던 이름이다. 그런데 그걸 입국에 쓴 것이다.

"별문제가 없었던 신분이니까 그걸 쓸 거라 생각했습니다."

그냥 가짜 신분증을 만드는 건 어려운 일이 아니다.

하지만 현실적으로 사회 활동을 할 수 있는 신분증을 만드는 건 쉽지 않다.

당연히 그런 신분증은 가격이 비쌀 수밖에 없었고, 그래서 노형진은 그가 문제가 없는 이름을 이용할 거라 생각했다.

"안도 하시모토……. 하긴 일본인과 한국인이 많이 비슷하기는 하지."

오광훈은 고개를 끄덕거렸다.

"그놈이 그 이름으로 입국한 게 언제지요?"

"최초 사건이 발생하기 두 달 전입니다."

"그러면 그 후에는요?"

"그 후에는 소진호텔에서 숙박한 게 마지막입니다. 이게 입국 이후 한 달 내의 최신 기록이에요."

강훈의 말에 노형진은 턱을 스윽 문질렀다.

한 달이라는 시간. 정보를 얻고 작업에 필요한 공간을 찾기에 충분했을 시간이다.

"그리고 의심스러운 범인들을 찾을 수 있었습니다."

강훈의 얼굴에 미소가 떠올랐다.

"같이 입국한 사람들을 추적했지요. 머리를 많이 썼더군요. 아예 관련이 없는 것처럼 각자 결제를 했습니다."

"그런데 어떻게 일행인 걸 아시지요? 동선을 움직일 수 있는 건 아닐 텐데요?"

"전부를 달라는 것과 일부를 달라는 것은 전혀 다르니까요."

강훈, 아니 CIA는 외부에 요원들의 정보를 달라고 할 수가 없다.

하지만 안충수, 아니 안도 하시모토가 탄 비행기의 승객들 중에서 의심스러운 사람들을 특정해 그 자료를 달라고 하는 건 가능하다.

"비행기에 승객이 많아 봐야 사백 명 정도니까요."

더군다나 그 안에서 범죄 활동을 할 수 있는 젊은 나이의 건장한 남자를 특정하는 건 어려운 일이 아니다.

당장 몸만 봐도 그들을 특정할 수 있으니까.

"다른 놈들은 못 찾았지만 네 명은 찾았습니다."

안충수와 그 패거리는 같은 비행기를 타고 왔다.

아마도 그들의 목적은 자신들이 활동할 수 있는 곳을 만드는 것이었을 것이다.

그렇다면 먼저 들어온 놈들의 목적은 아마도 근거지 마련.

"들어온 녀석들이 육체파인가요?"

"네?"

노형진의 질문에 강훈은 고개를 갸웃했다.

"무슨 말씀이신지?"

"들어온 녀석들이 힘쓰는 쪽에 특화된 녀석들이냐고 묻는 겁니다."

"아, 네. 그렇습니다."

네 명 다 한때 미군이었고 특수부대에서 활동한 전적이 있었다.

"그래서 저희는 어딘가를 습격해서 근거지를 마련하는 게 아닐까 하는……."

노형진은 고개를 흔들었다.

"그건 불가능할 겁니다."

"네? 어째서요?"

"한국은 미국보다 좀, 인간관계라고 해야 하나요? 그런 게 복잡합니다."

미국에는 아예 고립된 공간에서 자기들끼리 살아가는 놈들이 많은 편이다.

워낙 땅이 넓다 보니 옆 농장에 가려고 해도 차를 타고 30분씩 가야 하는 게 현실이니까.

하지만 한국은 그런 경우가 많지 않다.

그렇다 보니 주변 사람들에게 자주 연락하고 또 자주 만나는 편이다.

"만일 집주인을 죽인 후 그곳을 쓰려고 하면 그 인간관계 때문에 걸릴 가능성이 있습니다."

"하지만 독거노인들이 있지 않습니까?"

"한국에 독거노인들이 있는 건 사실이지만 대부분 도심지의 원룸 같은 곳에서 삽니다. 외딴곳에서 집을 짓고 살 정도면 도리어 돈이 있어야 합니다."

"어째서요? 지방 농장 같은 경우는 따로 살 수 있지 않습니까?"

"한국은 농업이 기계화, 산업화되어 있지 않습니다. 대부분의 농사꾼들은 마을을 이룰 수가 없지요."

당장 미국의 농장들은 어마어마한 땅에 어마어마한 양의 작물을 키운다.

농약을 비행기로 뿌리고, 소 같은 경우는 아예 수천 마리

씩 풀어 두고 키운다.

"하지만 한국은 그렇지 않습니다. 대부분은 그럴 여건이
되지 않지요."

사람들이 농업을 무시하지만 현실적으로 농업의 산업화에
들어가는 돈은 어마어마하다.

당장 흔하게 생각하는 농업 기구 중 하나인 트랙터도 몇천
만 원이 훌쩍 넘는다.

한 명이 그걸 사서 유지하기에는 아무래도 한계가 있다.

"그래서 지방에서 그걸 가진 사람은 다른 집을 도와주거나
하지요. 아니면 함께 사는 경우도 종종 있고요."

"음…… 그러면 아무래도 뭉쳐 살겠군요."

"네. 그렇다 보니 누군가를 죽이면 발각될 가능성이 높습
니다. 물론 따로 사는 사람이 없는 건 아예 아니지만요."

노형진은 어깨를 으쓱했다.

"하지만 위험부담을 감수하면서 살인을 할 정도는 아니지요."

"살인을 할 정도는 아니다?"

강훈은 고개를 갸웃했다.

한국계이고 한국에 배치된 CIA 요원이라지만 그는 정보
계통에 능숙할 뿐이지 한국의 모든 걸 다 아는 건 아니다.

"어떻게 생각해?"

노형진은 오광훈을 바라보면서 물었다.

"육체파라……. 빈집 이야기하는 거지?"

"빈집요?"

"네. 한국에는 시골에 빈집이 많습니다."

아예 마을 단위로 빈집이 된 곳도 있다.

한국의 인구는 급감하고 있고 사람들은 모두 도시에서 생활하니까.

그리고 그런 상황에서 고향이라고 생각하는 일부를 제외하고는 낙후된 곳에서 살 의사가 없다.

"물론 어느 정도 현대화된 곳은 사람들이 농사를 지으며 살기는 하지만요."

하지만 접근이 힘들거나 아무래도 살기 불편한 곳은 마을 자체가 늙어 갈 수밖에 없다.

"당장 시골에 가면 50대가 청년회장 하는 판국입니다."

사람이 나이 먹어 노인이 되면 당연히 남의 도움이 필요하기에 그걸 지원할 수 없는 시골은 노인들에게도 위험하다.

"대부분의 자식들은 부모가 따로 시골에서 살면 불안해하지요."

당장 돌아가실 수도 있는 문제니까.

그래서 그런 사람들은 부모가 몸이 안 좋으면 자신이 살고 있는 도시로 모시고 온다.

"그러다 보면 마을 하나가 통째로 비는 경우가 많습니다. 당연히 거기에는 행정력도 경찰력도 없지요."

강훈은 눈을 찌푸렸다.

노형진의 말이 맞는다면 그런 곳에 충분히 숨을 수 있기 때문이다.

"그리고 옛날 집들은 집에 지하실이 있는 경우가 제법 있습니다."

일종의 창고로 썼으니까.

아무도 없는 마을. 한때 마을이었으니 접근은 어렵지 않다.

전기는 충분히 발전기로 공급할 수 있다.

"지하실 입구만 막으면 충분히 감옥 역할을 하지요."

"그러면? 육체파를 물어보신 이유가……?"

"그런 일에 능숙한 사람을 데리고 와야 하니까요."

그런 사람이 와서 입구에 문짝을 달아야 하니까.

"빈 마을이라……. 하긴 미국도 그런 곳들이 있지요."

인간이 살기 위해서는 돈이 필요하다.

그런데 마을이 어느 이상 규모가 되지 않으면 그 마을에서 사는 사람은 불편함 때문에 떠날 수밖에 없다.

"사람들이 접근하지 않는 마을에 누군가 산다면 의심스럽지요."

노형진은 그렇게 말하면서 뭔가를 꺼내 들었다.

"안충수가 살던 마을 지도입니다. 정확하게는 10년 전 지도입니다. 안충수가 범인이라면 분명히 자신들이 숨을 수 있는 곳을 찾을 겁니다. 얼굴이 드러나는 것을 막아야 하니까요. 하지만 지난 10년간 그는 미국에 있었습니다. 당연히 그런 마을이 어디에 있는지 모르지요."

공식적으로 그런 마을을 찾는 것은 쉬운 게 아니다.

정부에서 사라진 마을을 공시하지는 않으니까.

"더군다나 그들은 그런 곳에 익숙합니다. 당연히 비상시에 도주가 쉬울 겁니다."

농담이 아니다.

어떻게 걸렸다고 한다고 했을 때, 과연 그들을 산속에서 추적할 수 있을까?

현실적으로 그들이 산속으로 도망가면 한국 경찰은 체력적으로도 따라가는 데 한계가 있을 수밖에 없다.

"하긴 전문 요원들의 체력이 어디 가는 게 아니지요."

대부분의 시골 마을은 산속에 있다.

아니면 산을 등지고 있다.

그러니 산속으로 도망가 버리면 당연히 추적이 쉽지 않다.

"그리고 제 생각에는, 그들은 해외로 나갈 다른 수단을 가지고 있을 가능성이 높습니다."

"다른 수단요?"

"가짜 신분은 하나만 있는 게 아니지 않습니까?"

"그건 그렇지요."

그러니 다른 신분으로 표를 사는 것은 어렵지 않을 것이다.

"흠……."

정호진은 턱을 문질렀다.

확실히 노형진의 추측이 대부분은 맞다.

그리고 현 상황에서 안충수가 살던 지역에 있는 그 사라진 마을에 그들이 숨어 있을 가능성이 높기도 하다.

"하지만 그게 확실한 것도 아니지 않습니까? 물론 버려진 마을에 숨어 있을 거라는 예상은 훌륭하다고 생각합니다. 안 충수의 고향 근처에 그런 마을이 있다는 것도 나름 좋은 추론 이고요. 하지만 여전히 문제가 되는 건 그곳이 확정적이지 않 다는 겁니다. 그들은 편지 이후에 어떠한 행동도 하지 않고 있습니다. 미국에서도 그랬고, 그래서 추적이 불가능합니다."

정호진은 진짜 걱정된다는 듯 말했다.

"앞으로 사흘입니다. 사흘 내에 찾지 못하면 송아진 양은 다른 사람들처럼 죽을 겁니다. 그런데 아직도 범인을 분석하 고 있으면 어쩌자는 겁니까?"

오광훈이 피식 웃었다.

"그러는 넌? 뭐라도 건졌냐?"

"그건⋯⋯."

정호진은 차마 아무런 말도 할 수가 없었다.

오광훈의 말대로 그는 아무것도 못 건졌다.

그저 편지에 쓰인 단어가 신문류에서 나왔다는 게 그가 알 아낸 전부였다.

"네가 지금 급한 건 아는데 말이지, 이럴 때는 항의도 자 기 일 하고 나서 하는 거야. 자기 일도 제대로 못 하면서 무슨 항의야?"

"……."

정호진에게 차갑게 말하는 오광훈.

정호진은 고개를 푹 숙였다. 할 말이 없었으니까.

그 모습을 본 노형진이 황급히 나섰다.

"자 자, 진정해. 그런 건 아니니까. 죄 없는 자더러 돌을 던지라는 건 개소리라고. 그러면 누가 죄를 심판해?"

"그건 그런데……."

"그리고 사흘밖에 안 남았잖아. 그러니 정 검사가 당연히 다급할 수밖에 없지."

정호진은 버리는 패로 선택이 되었다.

이걸 해결하지 못하면 당연히 그는 모든 책임을 뒤집어쓰고 쫓겨난다.

백도 없이 힘들게 검사가 된 그는 밖으로 나가면 재기하기가 힘들어진다.

"그러니까 다급할 수밖에 없지. 그리고 초임이라 분석이 얼마나 중요한지도 모를 테고."

"죄송합니다, 제가 너무 다급해서."

"이해합니다. 하지만 타당한 질문이기도 하고요."

그들이 들어온 시점은 오래되었다.

그러니 빈 마을을 찾는 거야 어렵지 않을 테고 과거의 마을에 계속 있지 않을 가능성도 존재한다.

"그들도 바보는 아닙니다. 나름 이리저리 돌아다닐 가능성은 분명 존재하지요."

노형진은 정호진의 말이 맞다고 생각했다.

"그럼에도 불구하고 저는 첫 번째 마을이 중요하다고 생각합니다."

"어째서요?"

"가두어 둘 공간이 필요하니까요."

"네?"

"지금은 다른 곳으로 갔을 가능성이 존재합니다. 하지만 그 첫 번째 마을에서 첫 번째 사건을 저질렀다면 관련 증거가 있을 겁니다."

그리고 그걸 추적한다면 그들의 움직임을 예측할 수 있을지도 모른다.

"일단은 그 마을에 한번 가 보도록 하지요. 그러면 사정을 알 수 있을 겁니다. 운이 좋다면 찾을 수도 있지요."

노형진은 자리에서 일어나며 말했다.

"서두르지요. 이제 사흘 남았으니까요."

⚖

닷새째.

남은 시간은 이틀.

사람의 목숨을 건 시간 게임은 그다지 유쾌하지는 않다.

게다가 중간에 추적이 끊어지면 더욱 그렇다.

"역시 예상대로네."

버려진 마을. 채 열 채도 안 되는 그곳의 어느 지하실이 있는 집 입구에 쇠창살이 붙어 있었다.

척 봐도 용접기로 새로 붙인 물건이다.

"이거 추적 가능할까?"

오광훈은 쇠창살을 흔들며 말했다.

하지만 노형진은 고개를 흔들었다.

"힘들걸."

쇠창살은 흔해 빠진 철근으로 만들어져 있었다.

그것도 통짜가 아니라 조각조각 짧은 것들을 용접으로 붙여 놨다.

단단하게 붙여 놔서 사람들이 부술 정도는 아니지만 말이다.

"아마도 공사 현장 같은 곳에서 조금씩 훔쳤겠지. 그들은 흔적을 남기지 않는 데 도사야. 그러니 이런 걸 구입하거나 하지는 않았겠지."

공사 현장에서 이런 철근 조각을 빼돌리는 것은 일도 아닐 테니까.

"여기서 얼마나 죽었을까?"

"한 명."

노형진은 방 안을 보면서 눈을 찌푸렸다.

지하실에 창문은 없었고 구석에는 버려진 매트리스가 하나 있었다.

그리고 그 외에는 아무것도 없었다.

"여기로 납치된 사람이 첫 번째 피해자일 거야."

그 당시 피해자의 가족들은 당연히 경찰에게 연락했고 이틀 뒤 피해자는 변사체로 발견되었다.

"확실해?"

"확실해."

노형진은 여기서 기억을 읽었으니까.

그리고 애석하게도 그것 말고는 아무것도 없었다.

여기서 볼 수 있는 기억은 오로지 공포에 떠는 피해자의 기억뿐이었다.

'너무 능숙해, 이 녀석들은.'

피해자는 가해자들에 대해 전혀 몰랐다.

그들은 오로지 빵과 우유만을 줬다.

무언가 구입하는 것조차도 극도로 꺼린다는 것이다.

'당연히 얼굴도 안 보여 주고.'

기억을 읽기 위해서는 그 물건에 직접적인 접촉이 있어야 한다.

하지만 피해자의 기억 속의 그들은 언제나 스키 마스크를 쓰고 손에는 장갑을 끼고 있었다.

그래서 그런지 심지어 용접한 쇠창살에도 가해자들의 정

보는 없었다.

"그러면 나가리 아냐? 정보가 하나도 없잖아?"

최초의 피해자의 살인 위치를 찾았다는 것 말고는 진짜 실적이 하나도 없었다.

심지어 그들은 쓰레기조차도 모조리 소각해 버렸다.

현실적으로는 찾을 수 있는 방법이 없었던 것.

"아니, 하지만 완전히 나가리는 아니야."

노형진은 미소를 지었다.

그들은 분명 전문가다.

흔적을 남기지 않고 추적을 방지한다.

하지만 그들이 생각하지 못한 게 있었다.

바로 노형진이었다.

정확하게는 노형진이 가진 사이코메트리 능력을 그들은 몰랐다.

'우유에는 제작자가 들어가지.'

한국에서 우유를 만들 때는 생산 라인 책임자의 이름이 들어간다.

아무래도 우유는 변질되는 경우가 많은 제품이기 때문이다.

물론 이름이 들어간다고 해서 우유가 상하지 않는 것은 아니다.

하지만 우유의 생산 라인과 유통 라인의 추적이 가능하다.

실제로 많은 상품들이 그런 식으로 유통된다.

다만 우유가 특이하게 사람 이름을 표기하는 것일 뿐이다.

그래야 문제가 생긴 생산 라인을 빠르게 특정해서 멈출 수 있기 때문이다.

"해피우유 우운석."

"응? 그게 누군데?"

"그 녀석들이 피해자에게 준 우유에 쓰여 있던 이름이야. 그 이름으로 추적하면 뭐든 나오지 않겠어? 주요 활동처라든가 그런 거 말이야."

"그런 게 있었어?"

"타다 만 종이에 적혀 있더라."

노형진의 말에 오광훈은 그다지 의심하지 않았다.

"그래? 그거야 어렵지 않지."

노형진의 말에 오광훈은 정호진에게 전화를 했고, 정호진은 우유 공장에 전화해서 생산 라인을 확인할 수 있었다.

그리고 노형진에게 반가운 소식을 알려 줬다.

─해피우유의 우운석이라는 사람은 강원도 지역 2공장 공장장이랍니다.

"2공장?"

─네, 우유는 신선도가 생명이라 가장 가까운 공장에서 주변에 뿌리는 방식이라고 하네요.

"그래도 추적이 쉽진 않을 것 같은데?"

오광훈은 고개를 갸웃했다.

그가 보기에도 그것만 가지고는 아무래도 추적에 한계가 있기 때문이다.

하지만 정호진이 가지고 온 정보는 그것뿐만이 아니었다.

—그 지역에서 우운석 공장장이 만든 우유가 들어간 곳이 여러 곳이라는데요?

정호진의 말이 오광훈이 노형진을 바라보았다.

노형진은 피식 웃었다.

"가장 큰 곳을 찾아 달라고 해."

"아니, 왜?"

"그들은 여기에서 숨어 있었잖아. 당연히 자신들이 먹어야 하는 것 그리고 인질이 먹어야 하는 것도 함께 사야 해. 그걸 작은 곳에 가서 사면 그 종류가 많지 않지. 더군다나 그들은 죄다 미국인이야. 한국의 음식이 낯설다고. 별미로 먹을 수야 있겠지만, 며칠이고 먹는 게 쉽겠어?"

"아하! 그러네!"

한국의 음식은 대부분 맵고 짜다.

짠 거야 미국 음식이 짜니까 괜찮을지 모르지만 매운 건 다른 문제다.

당연하게도 그들은 자신들의 취향에 맞는 음식을 사려고 할 것이다.

냉동 피자와 햄, 소시지, 빵 같은 것들 말이다.

"그런데 작은 가게에서 파는 빵은 쉽게 상하지."

방부제가 들어가 있지 않으니까.

그러면 방법은 뭘까? 쉽게 상하지 않는 공장 빵이다.

그런데 요즘은 작은 편의점에서 파는 빵들은 맛으로 먹는 것들뿐이라 밥으로 먹을 수 있는 빵들이 별로 없다.

그런 걸 사려면 당연히 대형 마트로 가야 한다.

"근처에 그게 들어간 대형 마트를 확인해 봐. 대형 마트에서 대량으로 물건을 산 사람들을 찾는다면 쉽게 범인을 찾을 수 있을 거야."

"오! 역시 너는 머리가 좋다니까!"

오광훈은 잽싸게 전화했고, 얼마 지나지 않아서 그 마트를 찾을 수 있었다.

"이 새끼들, 머리 썼네."

그들은 족히 한 시간은 더 걸리는 대형 마트에서 그 물건을 샀다.

"이 시골에 있는 마트에서 사면 눈에 띌 거라 생각한 모양이야."

그들의 철저함에 노형진은 혀를 내둘렀다.

만일 그 우유 생산자를 찾지 못했다면?

아마 노형진이라 할지라도 근처 마트를 뒤지면서 존재하지도 않는 외국인을 찾느라고 시간을 소비했을 것이다.

노형진은 다급하게 해당 마트로 향했고, 마트의 점장은 노형진과 오광훈의 말에 다행히 영장이 없어도 그날 영상을 확인해 줬다.

"어마어마한 양이네."

카트 족히 네 개는 채우는 양의 물건들.

그들은 그걸 사고 있었다.

"그래서 저도 듣자마자 안 겁니다. 그렇게 대량으로 물건을 사 가는 손님은 거의 없거든요. 그렇게 소비할 정도면 인터넷에서 사는 게 보통인지라. 더군다나 외국인 손님은 더더욱 없고요."

점장이 기억하고 있었기에 그 영상을 찾는 것은 어렵지 않았다.

"하지만 이걸 가지고는 이들이 사 갔다는 것만 확인할 수 있는데요. 죄송합니다만 이들은 계산을 현금으로 했습니다. 추적은 불가능할 텐데요."

"카드라고 해도 어차피 추적은 불가능합니다. 그리고 대략적인 범인들에 대해서는 알고 있고요."

강훈에게서 안충수와, 그와 함께 들어온 자들에 대한 자료를 받았기에 그들이 뭘 노리는지는 알고 있었다.

노형진이 그럼에도 불구하고 여기까지 온 것은 그들의 사진이 필요한 게 아니라 그들이 움직이는 차량이 무엇인지 알아낼 필요가 있었기 때문이다.

"쇼핑을 하러 온 사람들은 총 네 명. 당연히 그들이 탈 만한 차는 많지 않아. 더군다나 저 정도 짐을 실을 수 있는 차는 더더욱 그렇고. 잠깐, 거기…… 네, 거기요."

화면에 한 대의 트럭이 다가오는 게 보였다.

그들은 자신들이 산 식량과 기타 물건들을 그 트럭에 가득 가득 채우고 있었다.

그런 뒤 차에 올라타고, 트럭은 어딘가를 향해 가기 시작했다.

"오케이. 저 트럭, 저 트럭을 추적해 봐."

"CCTV로?"

"아니, 그거 말고 주인을 추적하라고. 이런 시골에 CCTV가 있어 봐야 얼마나 있겠어?"

더군다나 그들은 이제는 사람들이 살지 않는 마을에 자리를 잡았다.

당연히 사람이 없으면 CCTV도 없다.

"하지만 저 트럭을 봐. 사용한 흔적이 많지?"

"그렇지."

"그 말은 훔치거나 빼앗았다는 거지. 그런데 트럭은 주소지가 등록되어 있잖아?"

"아하!"

오광훈은 노형진이 말하는 게 뭔지 바로 알아차렸다.

어떤 방식이든, 그 말은 저 트럭에 관련된 사건이 그들 주변에서 발생했다는 소리니까.

"그러니 충분히 찾을 수 있을 거야. 충분히."

이것이 법이다

노형진은 확신을 가지고 말했다.

⚖

엿새째.

트럭의 주인을 찾을 수 있었다.

하지만 애석하게도 그 뒤끝은 씁쓸하기 그지없었다.

"그러니까 그 트럭과 관련해서 신고된 게 아무것도 없다고?"

"그래."

훔친 것도 아니고, 그렇다고 강도질당한 것도 아니다.

기록상으로는 아무런 문제도 없었다.

기록상으로는 말이다.

"그리고 그 트럭 주인은…… 혼자 살고 있는 50대 남성이
다 이거지."

긴 한숨.

트럭 주인은 시골에서 혼자 농사를 지으면서 사는 50대 남
성이었다.

그는 마을에도 거의 오지 않으며 산간벽지에서 벌을 키우
면서 살고 있다고 했다.

"살아 있기는 힘들겠지?"

"힘들겠지."

훔친 트럭이라면 분명 신고가 들어갈 것이다.

그러면 추적당할 수도 있다.

그러면 그 신고를 막아야 하는데, 노형진의 머릿속에서 그 방법은 하나뿐이었다.

"더군다나 산간벽지라면…… 너무 뻔하고."

벌을 키우면서 혼자 사는 남자.

트럭을 가지고 있으며 주변과 관계도 없다.

"아지트로는 딱 좋군."

버려진 마을이 아니기에 집 상태도 괜찮을 테고 말이다.

"그런데 여기가 아니면 어쩌지?"

오광훈은 자신들을 따라오는 경찰 특공대의 차량을 보면서 입맛을 다셨다.

상대는 전투 훈련을 받은 자들이다.

미국에서 총질을 하고 지대공미사일을 쏴 대던 놈들이다.

한국이 비록 총기 안전국이라고 하지만 마냥 안심할 수는 없다. 총기가 불법이라고 하지만 몇 번이나 총기 사고가 났으니까.

"그때는 하늘에 맡겨야지."

노형진은 하늘을 보면서 긴 한숨을 쉬었다.

그리고 내비게이션을 힐끔 보았다.

"여기서 직진."

"뭐? 아니, 왜? 여기서 우회전하면 바로 그 사람 집이라고."

"그래서 그래. 내가 그들이라면 갈라지는 입구에다가 감시할 수 있는 뭔가를 설치할 거야. 그래야 누가 오든 충분히 도망가지."

"으음……."

"그들은 훈련된 전문가야. 이런 산속에서 숨어서 도망 다니는 건 어려운 일이 아니라고."

비록 아직 추운 시기라고 하지만 못 버틸 정도로 추운 것도 아니다.

더군다나 대부분은 훈련을 받아서 이런 산속의 삶에 익숙한 놈들이다.

"편하게 가려다가 좆 되는 수가 있어."

다행히 경찰 특공대도 그들의 감시를 감안해서 일반 차량을 타고 따라온 상황이다.

그러니 여기서 직진한다면 그들이 보기에는 그냥 지나가는 일단의 차량으로 보일 것이다.

"여기서 산을 타고 올라가자고."

"아오, 쓰읍."

"'쓰읍.'이라고 하기 전에 얼굴에 가득한 그 미소부터 감춰라."

위험한 작전이다.

그래서 검찰에서는 오광훈이 그렇게 사랑해 마지않는 총을 줬다.

물론 쏘지 말라고 하기는 했지만, 사실 그럴 가능성은 낮다는 것은 검찰도 알고 있었다.

미국에서도 미친 짓 하던 놈들이 두 손 들고 순순히 항복할 가능성은 별로 없으니까.

"조용히 들어가. 어찌 되었건 그 미친놈들을 잡으려면 안전이 최선이니까."

갈라진 도로에서 약간 떨어진 곳에 내린 일행은 무기와 방탄복을 확인했다.

애석하게도 노형진에게는 무기가 지급되지 않았지만.

"이럴 때마다 진심으로 무기 하나 밀수하고 싶다."

"수갑은 내가 기꺼이 채워 주지."

"웃기고 자빠졌네."

노형진은 눈을 찡그리고 산 쪽을 바라보았다.

"그나마 다행이네."

깊은 숲이었다면 올라가기도 전에 체력이 떨어질 테지만 양봉이라는 것은 아무래도 온도의 영향을 많이 받다 보니 높은 곳에서는 잘 안된다.

빛이 많아야 꽃이 많이 피는 법이니까.

"한 세 시간만 기어올라 가면 되겠네."

노형진의 입에서 긴 한숨이 토해져 나왔다.

⚖

세 시간, 산에 낯선 사람에게는 무척이나 힘든 산행이다.

심지어 소리 하나 기척 하나에까지 주의하면서 움직이는 것은 더더욱 쉽지 않았다.

다행히도 그런 산행이 끝났을 때, 신은 그런 고생을 한 노형진과 경찰들에게 기회를 줬다.

"빙고."

오래된 집. 그 집 앞에는 경비를 서는 사람이 한 명이 있었다.

흑인이었는데, 그는 두꺼운 파카를 입은 채로 사방을 경계하고 있었다.

"그다지 빙고는 아닌데?"

오광훈은 엎드린 채로 투덜거리면서 노형진에게 쌍안경을 내밀었다.

노형진은 그걸 받아 들고는 긴 한숨을 내쉬었다.

"한국은 총기 불법 국가 아니었냐?"

"총기 불법 국가 맞지."

"그런데 도대체 저런 새끼들은 무기를 어디서 구하는 거야? 어? 요즘은 개나 소나 다 총 들고 다니네."

총만 있는 게 아니다.

흑인인 것과 파카를 입고 있는 것은 멀리서도 충분히 확인할 수 있었지만, 망원경으로 확대해 보니 그는 완전무장 상태였다.

손에는 소총을 들고 있고 작전용 조끼에는 탄창과 수류탄이 주렁주렁 매달려 있다.

소총도 일반 깡소총이 아니라 레일과 망원렌즈, 심지어 도트 사이트까지 제대로 달려 있는 특수전 장비용 소총이었다.

그리고 허벅지에는 방탄용 장비도 있었다.

다리를 저렇게 보호한다면 저 두꺼운 파카 안에 방탄조끼가 있을 것은 너무나 당연한 일.

"이거 답이 안 보이네."

노형진은 고개를 돌려서 무장한 상태의 경찰 특공대를 바라보았다.

특수전 장비라고는 도트 사이트 하나 있는 일반 소총.

방탄조끼라고는 소총용이 아니라 권총이나 겨우 막을 수 있는 수준의 얇은 조끼.

당연히 수류탄은 없다.

인질까지 폭사시킬 수는 없으니까.

"저쪽은 무장 상태가 너무 충실한데요."

경찰 특공대의 대장도 현장을 보고는 입술을 깨물었다.

"주변 지형지물도 그냥 있는 게 아닙니다. 총기류를 막을 수 있는 구조로, 완벽하게 방어 형태로 되어 있습니다."

"그래요?"

"네. 습격하는 순간 도리어 우리가 저들의 화망에 갇힐 겁니다."

"나무를 엄폐물로 쓸 수 있을까요?"

"무리입니다. 나무가 너무 작아요."

물론 한국의 숲에는 나무가 많기는 하다.

하지만 그런 나무들은 죄다 두께가 얇은 편이다.

사람이 엄폐물로 쓰기에는 너무 작다.

"망할 북한 놈들."

"아니, 여기서 북한 놈들이 왜 나와?"

"그놈들 때문에 이 지경 아냐."

북한과의 전쟁 당시에 엄청난 포탄이 한국 땅에 떨어졌다.

통계에 의하면 2차대전에 쓰인 포탄의 양보다 한국전에 쓰인 포탄의 양이 더 많다고 한다.

당연히 나무라는 게 남아나지 않을 수준이었고, 한국 정부는 산림을 키우기 위해 다양한 수종보다는 빠르게 자라는 나무를 선택했다.

"그래서 지금은 숲에 가도 그렇게 큰 나무가 없어. 크게 자라는 나무가 아니라 빠르게 자라는 나무뿐이니까."

"별놈의 정보가 다 있네."

"그렇기는 하지만. 지금으로써는 짜증 나는 일이지."

노형진이 툴툴거리자 옆에서 계속 보던 경찰 특공대 대장은 고개를 흔들었다.

"아마 두꺼운 나무가 있어도 힘들지 싶습니다만."

"네? 그건 또 무슨 소리입니까?"

"마루 양쪽에 있는 물건 보이십니까?"

"마루 양쪽에 있는 물건요?"

잡동사니를 비닐로 덮어 둔 듯한 물건.

그걸 보고 노형진은 고개를 갸웃했다.

"저 물건이 문제가 있나요?"

"왼쪽에 있는 건 중기관총 같습니다. 오른쪽에 있는 건…… 아무리 봐도 유탄 발사기네요. 그것도 연발식."

노형진은 입을 쩍 벌렸다.

"저놈들은 전쟁이라도 하겠다는 겁니까?"

"그러고도 남을 것 같네요. 저 정도 무장이면 한국에서 1개 대대가 몰려가도 10분 안에 전멸할 겁니다."

"미친……."

미국에서도 지대공미사일을 쏜 미친놈들인 건 알았지만 설마 저 정도의 무장이 있을 줄은 몰랐다.

사실 노형진이 모르는 게 있었다.

그들이 한국으로 도망쳐 온 이유는 FBI가 그들에게 접근했기 때문이다.

그들이 숨어 있던 곳을 습격했는데, 설마 무장이 저렇게 되어 있을 거라 생각하지 못한 탓에 순식간에 전멸당하고 말았다.

그들이 아무리 미국에서 막나간다고 해도 유탄 발사기까지 동원해서 싸웠으니 나라가 발칵 뒤집어질 수밖에 없었기에 잠잠해질 때까지 숨어 있으려고 한국으로 들어온 것이다.

자신들에 대해 아는 사람은 모조리 죽었으니까.

그런데 문제는 그것만 있는 게 아니었다.

무전을 받는 듯 귀에 꽂혀 있는 이어폰에 집중하던 경찰대장이 긴 한숨을 쉬었다.

"제대로 준비했네요. 돌입하는 쪽에 레이저 경보 장치와 지뢰와 클레이모어까지 있답니다. 아까 입구로 들어갔으면 접근도 못 하고 죽었을 겁니다."

"끄응……."

쉽게 말해서 저 허술해 보이는 집은 거의 참호 수준으로 방어되고 있다는 소리다.

아니, 참호라고 봐도 무방하다.

"저격도 안 될 것 같고요."

"마음 같아서는 포격으로 날려 버리고 싶은데."

"그건 안 돼. 아직 송아진이 저 안에 있을 거야."

그렇다고 해서 몰래 가서 구하는 것도 불가능하다.

"저쪽에 있으려나?"

집 구석의, 창고로 보이는 공간.

창문도 없고, 나무로 만든 문에는 튼튼한 자물쇠가 걸려 있었다.

"어떻게 알아?"

"저 아래에 작은 구멍 보이지? 미국 정보에 따르면 저런 구멍으로 먹을 걸 주는 모양이야."

원래 저런 구멍이 있을 공간이 아니니 안 봐도 뻔하다.

"저 문요? 최악이군요."

특공대장은 입을 꾸욱 다물었다.

만일 교전이 벌어지면 저 공간은 정확하게 공격 라인에 들어가게 된다.

물론 벽이 있으니 어느 정도 방어가 되겠지만 미친 듯이 날아가는 총알이 잘못 뚫고 들어가기라도 하면 그 안에 있는 사람이 죽을 가능성도 충분하다.

"콘크리트로 만든 것도 아니고 나무판자와 흙으로 만든 공간이라 총알을 충분히 막아 내지는 못할 겁니다."

물론 아예 없는 것보다는 나을 수도 있다.

하지만 본격적으로 교전이 벌어지면 지금 경찰 특공대의 화력으로는 저들을 제압할 방법이 없다.

"결국 군대가 동원되어야 합니다."

그것도 단순히 알보병이 아니라 유탄 발사기 이상의 무기를 가진 군대가 말이다.

그러면 저 정도 집이 벌집이 되는 것은 순식간일 수밖에 없다.

"우리 선에서는 해결할 수가 없는데요."

"끄응……."

노형진은 입술을 깨물었다.

당장 오늘이 엿새째다. 시간이 없다.

내일까지 돈을 주지 않으면 저들은 송아진을 죽이고 사라질 것이다.

"차라리 송아진을 구한 후에 교전을 하는 게 어떨까?"

오광훈의 말에 노형진은 고개를 흔들었다.

"그러기에는 변수가 너무 많아."

그들은 돈을 받았다고 방심하는 놈들이 아니다.

실제로 인질을 풀어 주는 것은 돈을 받고 며칠이 지난 후다.

돈을 주면 인질을 죽이지 않는다는 것뿐이지, 언제 풀어 줄지는 모른다.

"우리가 계속 감시한다 해도 뭐라도 하나 틀어지면 일이 심각하게 변할 거야."

아마도 송아진은 100% 죽은 채로 발견될 게 뻔했다.

그런 위험부담을 안을 수는 없었다.

"섬광탄 같은 건?"

"무리일걸."

그들이 한곳에 몰려 있다면 분명 섬광탄은 확실히 쓸 만한 카드가 될 것이다.

하지만 그들은 그렇게 몰려 있지 않다.

당장 앞에 있는 사람은 한 명뿐이지만 저 집 안에 몇 명이나 있는지 모른다.

"더군다나 우리는 저들의 숫자를 몰라."

의심스러운 자들은 한두 명이 아니다.

미국 정부조차도 저들의 숫자를 모른다.

한국식으로 신발을 벗고 생활한다면 감이라도 잡아 보겠는데 집 앞에는 신발이 없다.

즉, 신발을 신고 다닌다는 소리다.

"결국 그러면 기회가 될 때까지 기다리는 것뿐인가."

툴툴거리는 오광훈.

그런 그들을 바라보면서 입맛을 다시던 노형진의 눈길이 문득 집 구석에 잔뜩 쌓여 있는 더미로 향했다.

"저건 뭘까요? 지대공미사일인가?"

다른 것과 마찬가지로 방수천으로 덮여 있는 물건.

확실히 여기서 헬기를 동원할 수도 있으니 그럴 수도 있었다.

"그건 아닌 것 같습니다. 확대해서 보니까 단순히 나무 상자인 것 같더군요."

특공대장인 고개를 흔들며 말했다.

"나무 상자요?"

"네. 애초에 저기는 그런 걸 둘 만한 위치도 아니고요. 저기서 지대공미사일을 쏘면 후폭풍으로 발사자가 심하게 다칠 겁니다."

벽과 바짝 붙어 있는 곳. 그곳에 쌓여 있는 나무 상자.

순간 노형진은 갑자기 좋은 생각이 들었다.

"그러고 보니 우리에게도 쓸 만한 무기가 있군요."

"쓸 만한 무기요?"

"네. 우리의 작은 친구들의 도움을 받을 수 있을지도 모르 겠네요, 후후후."

컴컴한 밤.

레드하트는 번갈아 가면서 교대해서 경계를 서고, 나머지 는 안에서 쉬고 있었다.

그리고 그 안에서 노형진은 안충수를 발견할 수 있었다.

그도 나름 훈련을 받은 건지 능숙하게 무장하고 경계하고 있었다.

"이야, 이거 진짜 좋은 생각인데?"

"쉿! 조용히 해. 기회는 한 번뿐이야."

노형진과 오광훈은 그 집을 바라보고 있었다.

경계를 서는 자들이 어둠 속에서 확인하기에는 거리가 좀 있는 곳.

그런데 노형진 일행이 입고 있는 옷은 낮과는 확연히 달랐다.

노형진뿐만 아니라 주변의 경찰 특공대도 전투복이 아니 라 방충망으로 된 모자를 뒤집어쓴 상태였다.

"이놈들 난리가 났네."

자신들이 움직이기 시작하자 주변의 작은 생명체들, 그러 니까 벌들이 미친 듯이 날아다니기 시작했다.

당연하다.

갑자기 나타난 이들이 자신들의 집을 통째로 떼어 내서는 들고 가고 있었으니까.

물론 벌레를 막기 위해 방충복을 입고 있는 사람들에게 작은 벌레들의 공격은 별로 의미가 없었다.

"이 정도면 저기까지는 날아갈 겁니다."

경찰 특공대 한 명이 진땀을 흘리면서 탄탄하게 묶여 있는 산업용 고무줄을 탁탁 두들겼다.

"탄성이 좋으니까요."

노형진은 작전을 짜고는 도시로 가서 산업용 고무줄과 방충복을 싹 쓸어 왔다.

그리고 주변의 버려진 벌통들을 죄다 털었다.

겨울이라고 해서 벌통에 벌이 없는 것은 아니다.

꿀벌은 겨울이 되면 봄을 기약하면서 동면을 한다.

하지만 동면을 한다고 해서 그들이 아예 움직이지 않는 것은 아니다.

당연히 자신의 집이 공격당하면 격하게 움직인다.

"벌이라니. 하긴 방탄복이 아무리 좋아도 벌을 막지는 못하지요."

방탄복은 총알을 막기 위한 장비이지 벌레를 막기 위한 장비는 아니다.

물론 꿀벌의 침이 방탄복을 뚫을 수 있는 것은 아니지만 방탄이 되지 않는 부위는 작은 벌들이 얼마든지 뚫을 수 있다.

더군다나 벌은 능동적으로 움직이면서 그들을 노린다.

"저들이 교대를 하는 순간이 기회입니다."

"네."

노형진의 말에 특공대원은 고개를 끄덕거렸다.

탄탄하게 당겨진 산업용 고무줄에는 벌통이 연결되어 있고, 고무줄을 고정하는 줄을 끊기만 하면 엄청난 속도로 날아가 버릴 것이다.

일종의 간이 투석기인 셈이다.

'그리고 그게 바닥에 떨어지는 순간 안에 있는 벌들이 난리가 나겠지.'

전 주인이 이곳에서 벌을 키워서, 그런 벌통이 수십 개가 있었다.

그래서 이 주변으로는 경찰 특공대가 같은 장비로 노리고 있었다.

물론 간이 장비인 만큼 정확한 투척은 힘들 것이다.

하지만 상관없다.

근처에만 떨어져도 벌들은 가장 가까이 있는 놈들을 공격할 테니까.

"문! 문이 열린다!"

그 순간 문이 열리면서 한 히스패닉 남자가 나오는 것이 보였다.

그는 기지개를 켜면서 안충수와 교대를 하려는 듯 천천히 앞으로 나왔다.

"지금!"

노형진이 말하기 무섭게 특공대원은 칼로 줄을 끊었고, 나무에 묶여 있던 고무줄은 무섭게 당겨지면서 벌통을 하늘로 날려 보냈다.

"어?"

어디선가 들리는 퉁 하는 소리에 안충수와 다른 경계자가 움찔하고 빠르게 반응했다.

확실히 훈련받은 티가 났다.

그들은 재빨리 엄폐물에 몸을 붙이고 경계 자세를 취했다.

하지만 그건 어디까지나 인간을 대상으로 한 대응책.

허공을 날아간 벌꿀통들이 박살이 나면서 잔뜩 화가 난 벌들이 날아올랐고, 이어 가장 가까이에 있는 적, 그러니까 두 명의 경계 팀에게 달려들었다.

"아악!"

"악!"

갑작스러운 벌의 공격에 그들은 당황해서 어쩔 줄 몰라 했다.

총이 아무리 좋아도, 화력이 아무리 좋아도 그걸로 벌을 잡을 수는 없다.

몇 마리 정도야 잡을 수 있겠지만 대부분은 스치지도 못한다.

"적이다!"

"무브! 무브!"

안에서 쉬던 자들은 빠르게 반응했다.

확실히 훈련이 잘되어 있는 듯했다.

비명이 들리기 무섭게 무기를 들고 튀어나왔고 바로 방어 대형을 잡았다.

하지만 그게 실수였다.

그들의 갑작스러운 움직임은 도리어 벌을 자극했고 다른 표적을 제공했을 뿐이었다.

설상가상으로 그들이 나올 때를 대비해서 쏘지 않고 있던 벌통이 추가로 허공을 날았고, 작은 집 주변은 수만 마리의 분노한 벌들에 의해 완전히 포위되었다.

"아악!"

"갓 댐!"

인간과의 싸움에 훈련이 잘되어 있다고 해도 벌에 대해 어떻게 할 수 있는 방법을 알고 있을 리 없다.

그들은 본능적으로 자신들을 지키기 위해 무기를 놓고 얼굴 주변을 가리거나 손을 휘젓기 시작했다.

하지만 수만 마리 벌들에게 그건 쓸데없는 저항이었다.

도리어 그 손에 수십 발의 벌침이 박혔고 무섭게 부풀어 오르기 시작했다.

"굴러! 굴러! 구르라고!"

그래도 나름 머리 좋은 안충수가 소리 질렀다.

주변에 물이라도 있으면 들어가겠는데 그건 불가능하니, 그들이 할 수 있는 것은 구르는 것뿐이었다.

"댐 잇!"

범인들은 바닥을 미친 듯이 굴렀다.

방 안에 자리 잡고 있던 자들 역시 벌들의 공격에 뛰어나와서 바닥을 미친 듯이 굴렀다.

이 순간은 훈련이 아니라 본능대로 할 수밖에 없었다.

"지금!"

노형진이 노리는 순간이 바로 지금이었다.

범인들은 모두 밖에 나와 있었는데 누구도 무기를 들고 있지 않았다.

중기관총이나 유탄 발사기에 접근하기는커녕 눈과 얼굴을 보호하기도 벅찬 상태였기 때문이다.

"발사!"

그 순간 허공을 날아가는 섬광탄.

십여 개의 섬광탄들이 바닥을 나뒹굴었고, 그들이 그걸 깨닫기도 전에 강력한 폭음과 빛을 내뿜으면서 그들을 무력화시켰다.

"아악!"

"끄아악! 내 눈!"

그렇잖아도 벌의 공격으로 정신이 완전히 나가 있던 범인들이 아차 하면서 비명을 질렀지만 이미 상황은 정리되었다.

그들이 제대로 방향도 못 잡고 무기 쪽으로 접근도 못 하는 사이 방충복을 입은 경찰 특공대원들이 후다닥 뛰어들어갔다.

물론 섬광탄의 충격으로 벌들 역시 바닥에 후드득 떨어졌지만 그걸 범인들은 알 수가 없었다.

"제압해!"

경찰 특공대 대장은 범인들을 발로 밟으며 빠르게 움직였고, 몇몇은 혹시 모를 사태에 대비해서 건물 안으로 들이닥쳤다.

"클리어!"

건물 안에 남아 있던 건 두 명뿐이었는데 그들도 벌의 공격에 저항도 못 하고 사로잡혔다.

"가자."

노형진은 재빨리 내려가 구석에 있는 창고의 문을 열었다.

"아진아! 괜찮니?"

"히익!"

노형진이 갑자기 들어오자 작은 여자아이가 후다닥 구석으로 도망가는 것이 보였다.

노형진은 그녀에게 다가가기 전에 몸을 숙이고는 손을 내밀었다.

"아진아, 아빠가 보냈다. 이제 괜찮아."

"아…… 아빠가요?"

"그래, 나쁜 아저씨들은 모두 잡혔으니까 이제 집에 가자. 이리 오렴."

노형진이 조심스럽게 손을 내밀자 송아진은 잠시 쭈뼛거리다가 후다닥 달려와서 품에 안겼다.

"으아아앙!"

그리고 서럽게 울음을 터트렸다.

노형진은 방 안을 보고는 눈을 찌푸렸다.

빈 빵 봉투와 썩어 가는 우유갑들.

아이가 감당하기에는 너무 큰 충격이었으리라.

"그래그래, 이제 괜찮아. 가자……. 집으로 가자."

노형진은 아진이를 데리고 조심스럽게 바깥으로 나왔다.

다행히 벌은 섬광탄의 충격으로 바닥에 죄다 떨어져 있었다.

"아이는?"

"괜찮아."

노형진은 아진이를 다독거리면서 하늘을 바라보았다.

저 멀리 천천히 동이 터 오고 있었다.

⚖

"그놈들 상태는 어때?"

"아주 가관이지, 뭐."

오광훈은 어깨를 으쓱하면서 말했다.

"죄다 벌에 최소 수십 방씩 쏘여서 얼굴이고 몸이고 퉁퉁 부어서 병원에 있다. 감옥에 가기 전에 병원에서 오래 있어야 할 것 같다."

"경비는?"

"난리다. 경찰 소대가 스물네 시간 감시하고 있어. 병실도 완전 통제 상태고, 수갑을 채워 놨으니 도망도 못 가."

실실 웃는 오광훈은 행복해 보였다.

그럴 수밖에 없다.

그들을 사로잡음으로써 그의 실적이 확 뛰었으니까.

"무려 열두 명이더라. 납치 전문 조직이라더니 아주 제대로 준비되어 있더만."

"그 집의 주인은?"

"애석하게도."

그는 집에서 좀 떨어진 숲에서 대충 묻혀 있는 상태로 발견되었다. 집과 자동차를 빼앗기 위해 살해한 것이다.

"그 녀석들, 아직 입은 열지 않았지만 뭐 그래 봐야 부정은 못 하니까."

"그러겠지."

그들이 저지른 죄는 너무나 많다.

더군다나 부자들을 너무 많이 건드려 놨다.

"지금 미국 대사관에서 찾아오고 난리도 아니다."

"당연하지. 그 녀석들을 미국에서 처벌하고 싶어 할 테니까."

그들은 미국에서 수백 명을 죽였다.

납치 건만 수십이었고, 경찰이나 기타 주민들까지 가리지 않고 죽여 댔다. 그러니 미 정부에서 가만둘 수가 없다.

"한국에서도 넘겨주지 않을 수가 없을 거야."

"왜? 그놈들은 한국에서도 범죄를 저질렀잖아."

"하지만 한국은 실질적 사형 폐지국이잖아."

당연히 그들을 처벌한다고 해도 사형은 집행할 수 없다.

결국 기껏해야 무기징역이라는 건데, 평생을 한국 감옥에 갇혀 있도록 미국이 가만둘 리가 없다.

"아마도 미국으로 가서 재판을 통해 사형이 집행되겠지."

노형진은 어깨를 으쓱하며 말했다. 그게 최선이다.

"한국 정부는 이 건으로 미 정부에 어느 정도 양보를 얻어 내고 싶어 할 테고."

그들의 미래는 정해져 있다고 봐도 무방하다.

다만 전기의자냐, 독극물이냐, 교수형이냐의 차이일 뿐.

"아진이는 어때?"

"일단 정신과 치료를 받고 있어. 그런다고 해서 쉽게 나아지지는 않겠지만."

노형진은 긴 한숨을 쉬며 말했다.

아직도 밤에 자다가 비명을 지르면서 깬다고 한다.

"개 같은 새끼들. 죽이는 건 너무 편하게 보내 주는 거 아냐?"

"그렇지?"

노형진이 생각해도 죽이는 건 죗값으로는 너무 편한 방법이었다.

"하지만 그들 입장에서는 차라리 죽는 게 낫다고 생각할 수도 있을 거야."

"응? 어째서?"

"그들이 건드린 게 누구라고 생각해?"

"아……."

어마어마한 복수심에 활활 타오르는 미국의 부자들.

과연 그들이 할 수 있는 게 재판에서 사형이 언도되기만을 기다리는 것뿐일까?

그건 아닐 것이다.

"미국에서 사형은 참관이 가능하다고 했지?"

"일부는 그렇지."

"그 녀석들 사형시키는 날에는 거의 톱 가수 콘서트 티켓 예매 수준의 경쟁이 붙겠는데?"

"그래, 아마 역사상 가장 비싼 티켓이 되지 않을까 싶다."

얼마를 주더라도 그 녀석들 목이 매달리는 꼴을 보고자 하는 사람들은 많을 테니까.

"아마 진짜 비싼 티켓이 될 거야. 지옥으로 보내는 티켓이니까."

그리고 그 장면은 분노한 가족들에게 최소한의 위로가 될 것이다.

신동성은 입술을 잘근잘근 깨물었다.

상황이 좋지 않았다.

전력상으로 본다면 신동우와 신동하를 가볍게 밀어낼 수 있을 거라 생각했다.

그런데 매번 실패했다.

매번 말이다.

"신동하 그 자식이 문제야. 그 뒤에 있는 노형진이 문제인 거지."

사실 한국의 일개 변호사에게 그다지 신경은 쓰지 않았다.

그런데 노형진이 신동하를 이용해서 균형을 맞추기 시작하자 그는 매번 작전이 실패하고 있었다.

"망할 그 개자식 때문에……."

신동성의 주력은 중국 시장이다.

신동우가 한국 시장에 신경 쓰는 사이에 그가 몰래 집어삼켜 났다.

그런데 현재 일본과 중국의 사이는 극단적이다.

물론 그게 노형진 때문이라는 건 그도 몰랐지만 어찌 되었건 중국과 일본의 사이가 틀어지면서 그에게 심각한 타격이 오기 시작했고, 설상가상으로 신동하가 중국의 돈을 끌어들이기 시작했다.

자금에서 압도적이었던 초창기와 다르게 지금 대동의 내전은 한 치를 알 수 없는 싸움이 계속되고 있었다.

"망할! 대룡을 정리해야 했는데!"

신동성은 바보가 아니다.

이 내전의 원인이 자신에게 있다는 걸 알고 있지만 동시에 그걸 이용해서 대동에 타격을 주고 있는 게 대룡이라는 것도 잘 알고 있다.

하지만 그걸 알면서도 그는 대룡을 응징할 수가 없었다.

그러려면 팽팽한 내전의 현장에서 돈을 빼서 대룡을 억압해야 하는데, 그러기에는 너무 위험했다.

그렇다고 해서 신동우가 자신을 도와줄 것도 아니다.

신동우가 지금 상황을 모를까? 모르지는 않을 것이다.

하지만 현재 신동우에게 대룡은 적이자, 믿을 수는 없지만

이것이 법이다

아군이다.

최소한 지금은 그의 싸움에 도움을 주고 있는 상황이니 그들을 공격하는 데 도움을 달라고 한다고 한들 그걸 받아들일 리가 없다.

"하츠코, 어떻게 생각해? 대룡을 그냥 두고 싸워야 하나, 아니면 대룡 쪽을 먼저 정리해야 하나?"

신동성은 입술을 깨물다가 고개를 돌려서 뿔테 안경을 쓴 여자를 바라보았다.

그의 두뇌이자 가장 믿을 만한 부하인 하츠코는 신동성의 질문에 한참을 침묵을 지켰다.

그리고 제법 시간이 지나고 나서야 입을 열었다.

"어느 쪽도 선택할 수는 없습니다. 신동우와의 싸움은 1선이고 가장 중요합니다. 대룡은 2선이기는 하지만 그들을 건드리면 결국 우리도 그들과 직접적으로 싸워야 하는데, 대룡이 우리 대동과 비교하면 약세이기는 하지만 그렇다고 해서 방심할 수 있는 수준은 아닙니다. 현실적으로, 건드리면 우리는 양쪽에서 공격당할 겁니다."

"내가 그걸 몰라서 묻나? 진퇴양난 아니야? 그들이 직접적으로 움직이지 않을 뿐이지 우리에게 이를 드러낸 것은 사실이지 않나!"

"그렇지요."

"그 말은 기회가 되어서 직접적으로 손쓰려고 한다면 싸움은 언제든 가능하다는 거 아닌가!"

"맞습니다."

"그러면 의미가 없잖아!"

신동성은 발끈했다.

오랜 싸움이 그의 인내심을 점점 바닥내고 있었다.

"대룡! 노형진! 그놈들 때문에 이 싸움이 계속되고 있어! 원래대로라면 신동우도 신동하도 벌써 죽었어야 하는 놈들이야! 그런데 아직도 버티고 싸우고 있다고!"

"알고 있습니다."

"내가 너를 하소연이나 하자고 부른 것 같아!"

신동성은 이를 드러내며 으르렁거렸다.

"내게 필요한 건 해결책이다! 해결책! 대룡이 망하게 하든가, 하다못해 그놈들이 우리 일을 방해하지 못하게 할 해결책!"

하츠코가 눈을 빛냈다.

"알고 있습니다."

"그런데 왜 그 방법을 찾지 않고 있는 거지?"

"이미 찾았으니까요?"

"이미 찾아?"

"그렇습니다, 사장님."

하츠코는 미소를 지었다.

그녀는 자신이 누구보다 머리가 좋다고 생각했다.

그리고 지금까지 신동성을 보필해서 이 자리까지 왔다.

'노형진.'

그런 그녀에게 자신의 계획을 틀어 버리는 존재는 상당히 불편할 수밖에 없었다.

한국인 변호사. 그는 자신도 모르는 사이에 일본을 어둠 속에서 쥐고 흔드는 큰손이 되어 있었다.

'이건 노형진과 나의 진검 승부다.'

하츠코는 속으로 생각했다.

자신의 계획을 모조리 깨 버리는 노형진.

그리고 그녀 역시 그런 노형진을 그냥 두고 앞으로 갈 수는 없다.

"경제인들의 천적이 누구라고 생각하십니까?"

"뭔 소리야, 갑자기?"

"경제인들의 천적은 정치인들입니다. 그리고 한국의 정치계에는 장학생들이 많지요."

"장학생들?"

"그렇습니다. 대일본 제국에서 한국에 들인 공이 얼마나 많습니까? 그들은 주요 직책에 앉아 있습니다. 그들을 동원하는 겁니다."

"하지만……."

"물론 적지 않은 돈이 들어갈 겁니다. 하지만 우리가 직접 대룡과 싸우는 것에 비하면 새 발의 피지요."

"으음……."

신동성은 자신도 모르게 고개를 끄덕거렸다.

일본의 장학생들.

한국에서 자리 잡고 목소리를 높이는 자들.

적당한 대가만 준다면 그들은 대룡을 잘근잘근 씹어 줄 것이다.

"우리에게 필요한 건 대룡이 쓰러지는 게 아닙니다. 우리에게 신경 쓰지 못하도록 하는 거지요."

"그게 장학생들이다?"

"장학생이라는 게 공부 잘해서 돈 많이 벌라고 지원해 주는 게 아니지 않습니까?"

차가운 미소를 짓는 하츠코.

"씨앗을 뿌렸으니 이제 추수를 할 때입니다."

⚖️

유민택은 심각한 얼굴이 되었다.

사업을 하다 보면 여러모로 눈치가 빨라질 수밖에 없다.

그런데 최근 들어 대룡에 대한 압박이 거세지고 있었다.

갑자기 관련 기업에 세무조사가 들어오지 않나 인터넷에서 미친 듯이 부정적인 글이 퍼지지 않나, 심지어 대룡에 납품을 하던 기업이 갑자기 세무조사를 맞아서 파산 직전으로 몰리는 바람에 공장이 멈추기까지 했다.

그리고 오랜 경험이 있는 유민택은 그게 결코 우연이 아니라는 걸 알고 있었다.

"정부에서 우리 쪽으로 압력이 들어오는 모양이야."

"정부에서요? 이해가 안 갑니다만."

노형진은 유민택의 말에 고개를 갸웃했다.

물론 현 정부와 대룡 사이가 아주 친밀한 것은 아니다.

하지만 그렇다고 해서 한국에서 대룡을 망하게 할 정도의 일은 없었다.

"물론 우리를 직접적으로 공격하지는 않네. 하지만 우리 주변을 툭툭 건드리면서 우리가 일하는 걸 방해하고 있어."

직접적인 공격은 하지 않는다.

하지만 교묘하게 주변에서 필수 작업장을 건드리고 있다.

"정부뿐만이 아니야. 언론도 그래. 이 뉴스를 보게."

유민택은 신문 1면 기사를 노형진 앞으로 내밀었다.

"대룡신화공업 100억대 탈세?"

노형진은 그걸 보고 고개를 갸웃했다.

"대룡에 이런 계열사가 있습니까?"

"없지. 대룡신화공업은 계열사도 아니고 거래하는 곳도 아니야. 그냥 이름만 비슷한 완전 다른 기업이지. 그런데 기사의 방식을 보게. '대룡신화공업(이하 대룡공업)'이라고 표현하고 있어. 이걸 본 사람들이 뭐라고 생각하겠나?"

"대룡이 탈세했다고 생각하겠군요."

노형진은 눈을 찌푸렸다.

100억대 탈세. 그걸 보면서 노형진은 어이가 없었다.

"더 웃긴 건 뭔지 아나? 100억대 탈세라는 것도 말장난이라는 거야."

기사의 제목만 보면 마치 세금 100억을 안 낸 것 같다.

하지만 그 내용을 보면 순수익도 아니고 총수익 100억에 대한 세금을 안 낸 거다.

"그러면 탈세한 금액은 잘해 봐야 1억이나 될까 말까겠군요."

총수익이 100억이라면 거기에서 인건비나 원자재비 등을 빼야 하고, 그러면 순수익은 대략 10억도 안 된다고 봐야 한다.

그러니 여러 가지 세제 혜택과 합법적인 절세 방법을 생각하면 내지 않은 비용은 1억에서 2억 사이라고 보면 된다.

"이게 신문에, 그것도 1면으로 나갈 만한 규모의 일이라고 생각하나?"

대룡신화공업이라는 회사는 중규모 기업이다.

취재를 하는 거야 언론사와 기자의 권한이라고 하지만, 현실적으로 그 정도 규모의 기업 탈세는 일간지 전면을 장식할 뉴스는 결코 아니다.

그럼에도 불구하고 제대로 올렸다, 교묘하게 오해할 만한 부분을 섞어 가면서.

"이런 곳이 한두 곳이 아니야."

"갑자기 왜 이런 일이 벌어지는지 모르겠군요."

대룡은 언론사에 광고를 주는 기업이다.

그러니 특별한 일이 없으면 부정적인 여론을 만들지는 않는다.

그런데 이건 아예 죄를 만들어 내는 수준이다.

"그래서 의심스러워서 좀 알아봤네. 그런데 위에서 오더가 떨어졌다고 하더군."

"위에서요?"

"그래."

유민택은 소파에 앉아서 손잡이를 톡톡 손가락으로 두들겼다.

"동시에 다발적으로 말이야."

"그 정도면 정부 차원에서 압력을 가한다는 건가요?"

"그런데 그건 또 아니란 말이지."

유민택은 자신들의 라인을 통해 최대한 정보를 얻어 냈다.

그런데 딱히 정부에서는 그런 오더를 내리거나 대룡에 대한 적대적 분위기가 감지되지 않고 있었다.

"그런데 왜 그런 일이 벌어지는 거지요?"

"우리 쪽 정보에 따르면 이번 일에 관련된 사람들에게 공통점이 있더군."

"공통점요?"

"친일파야, 그것도 아주 극심한."

노형진은 입을 다물었다.

뜬금없이 나온 친일파라는 존재. 그들이 왜 갑자기 대룡을 공격하는 걸까?

"혹시 이유를 아십니까?"

"아마도……."

확실한 것은 아니다.

하지만 유민택은 확실하지 않다고 해도 의심이 가는 부분은 있었다.

그렇지 않다면 이런 일이 벌어질 수는 없으니까.

"장학생들이 움직인 것 같네."

"장학생요?"

"그래, 일본의 장학생들 말이야. 자네가 말해 주지 않았나?"

노형진은 눈을 찌푸렸다.

일본의 장학생. 일본의 돈으로 공부하고 일본에 의해 세뇌된 사람들.

그들은 말로는 한국을 이야기하지만 행동으로는 일본을 위한다.

"친일파로 분류된 사람들에 대해 조사를 좀 해 봤네. 많이 한 것은 아니지만 그들에게 들어간 돈이 어디서 나온 건지 추적하는 것은 어려운 일이 아니더군."

"일본이라는 거군요."

"정확하게는 대동이지. 아니, 신동성 쪽이라고 표현하는 게 맞겠군."

"신동성요?"

"그래."

유민택은 손잡이를 톡톡 건드리는 것을 멈추지 못했다.

그가 걱정이 많을 때마다 나오는 버릇이다.

"그쪽에서 우리를 견제하기 위해 움직이는 모양이야. 그렇지 않다면 이런 문제가 생길 리가 없지."

"하긴 친일파가 이런 문제를 만든 게 하루 이틀도 아니지요."

한국 사람들이 잘 모를 뿐, 한국의 친일파의 뿌리는 아주 깊다. 어느 정도로 깊냐면, 현실적으로 혁명을 일으키지 않는 이상에야 그들을 박멸하는 게 불가능할 정도다.

학자에서부터 판사, 검사, 심지어 국회의원이 당당하게 국가의 기밀을 일본에 넘기고, 그게 고발되면 정당에서 그를 처벌하는 게 아니라 보호하는 수준이다.

그들에게 진정한 조국은 한국이 아니라 일본이다.

"그리고 대동은 일본 기업이지요. 만일 대동이 도움을 요청한다면 아마 그들은 기꺼이 도와줄 겁니다. 물론 그에 상응하는 대가를 받겠지만."

"지금처럼 말이지."

소위 말하는 장학금, 그러니까 싹수가 보이는 사람에게 돈을 주고 그 사람과 친밀한 관계를 만들어 놓는 것은 일본의 전매특허 같은 거다.

물론 대룡 역시 그런 장학생들을 키우고 있지만 현실적으로 정치권에까지 손대지는 못하고 있다.

정치인을 키운다는 것은 반대파에 찍힌다는 거고, 그랬다가는 반대파가 권력을 잡았을 때 심각한 피해를 입기 때문이다.

"하지만 일본은 그런 손해가 없지."

피해를 주려고 하면 정치 탄압이라고 게거품 한번 물어 주면 꼼짝도 못 하니까.

언론까지 사실상 일본의 손에 들어 있는 상황이니까.

"어찌 되었건 우리가 섣불리 그들에게 반격하기에는 애매해. 대동에서 우리를 노리는 건 알겠지만 이유는 모르겠고."

"이유야 많지요. 우리한테 당한 걸 그대로 돌려주고 싶은 생각도 있을 테고 또 우리가 정신 못 차리게 하려고 하는 것도 있을 테고."

이유를 추측하는 거야 어려운 일이 아니다.

사실 상황만 주어진다면 그걸 알아내는 것은 쉽다.

"문제는 그걸 뚫고 나가는 거구요."

"그래, 이건 상당히 예민한 문제야."

그들을 박멸하기 위해 반대파를 모은다?

그건 벌써 수십 년째 실패한 일이다.

그들은 은근히 친일을 하는 것도 아니다.

자위대 축제에 다녀오고 친일 행사에 다녀오고 국가 기밀을 빼돌린다.

그리고 나라를 위한다는 말로 포장한다.

이것이 법이다

그럼에도 불구하고 그들은 단 한 번도 처벌받지 않았다.

웃기게도 그들이 가장 싫어하는 것이 표현의자유다.

하지만 그들은 그런 짓을 하면서도 그게 표현의자유라고 주장한다.

"친일파 놈들이 한국 사회를 꽉 잡고 있으니 이럴 수밖에 없는 거겠지."

유민택은 심각한 표정으로 말했다.

"그 정도입니까?"

"우리와 친일파 세력이 싸우면 누가 이길 거라 생각하나?"

"글쎄요."

"친일파네. 우리도 물론 나름의 힘이 있지. 하지만 그들은 대한민국 전반을 지배하고 있어. 그들에게 조국은 일본이야, 한국이 아니라."

유민택은 착잡한 얼굴로 말했다.

"좋든 싫든 우리는 그들을 건드릴 수가 없네. 물론 어느 정도 반격이 가능하기는 해. 하지만 자네도 알지 않나? 기업은 하나의 부품이야. 대기업이 핵심 부품이기는 하지. 그래서 다른 부품은 바꿔 끼울 수도 있어. 하지만 바꿔 끼울 부품조차도 남지 않는다면? 우리도 살아남지 못해."

당장 그들의 방식이 그거다.

당장 대룡을 공격하는 것은 그들이라고 해도 두려워서 할 수가 없는 행동이다. 어찌 되었건 대룡은 거대 기업이고, 전면전으로 나가면 정치인 한두 명쯤 날려 버리는 건 일도 아니니까.

"하지만 다른 부품, 그러니까 공급 업체들을 족치면 우리는 고사할 수밖에 없지."

"가장 저열한 깡패들이 하는 짓이지요."

그들은 상대방이 죽자고 싸우자고 덤비면 절대 손대지 않는다.

대신에 주변을 손댄다.

친척들, 가족들, 주변 이웃, 심지어 그가 가서 밥을 먹는 식당까지 깨부순다.

천천히 말려 죽이는 것이다.

"지금 그들이 쓰는 방법이 그거라는 거군요."

"우리가 그 기업들을 다 커버할 수는 없으니까."

결론적으로 그들의 행동에 피해를 보는 것은 대룡이다.

"친일의 그림자는 깊네. 물론 그게 우리에게까지 올 줄은 몰랐지만."

유민택은 긴 한숨을 쉬었다.

"자네도 이번에는 쉽지 않을 것 같군."

노형진은 눈을 찡그릴 수밖에 없었다.

대룡의 문제는 심각한 건이기 때문에 새론에서 모두 모여서 회의를 시작할 수밖에 없었다.

"지금까지 세무조사만 주요 연관 업체 세 곳에 떨어졌어요. 말이 좋아서 세무조사지 사실상 대룡과 연을 끊으라고 하는 거지요."

고연미 변호사는 착잡한 표정으로 말했다.

"그렇다고 해서 해당 기업들이 거래를 끊을 수도 없을 텐데요?"

대룡 정도 되는 기업과 거래하는 기업은 자연스럽게 대룡에 기댈 수밖에 없게 된다.

말로는 수익의 다각화를 이야기하지만 다각화한 곳에서 30%도 안 나오는 판국이니까.

"이대로 가면 그런 곳들은 고사할 겁니다. 세무조사만 하는 게 아니에요. 그들을 말려 죽이기 위해 별의별 수를 다 쓰고 있더군요."

무태식 역시 질려 버렸다는 듯 말했다.

"별의별 방법요?"

"네, 어떤 기업은 사장 아들에게 구속영장이 나왔다고 합니다."

"구속영장요?"

"네, 그런데 사유가 웃기더군요. 절도입니다."

"절도?"

노형진은 고개를 갸웃했다.

뜬금없이 사장 아들에게 절도라니?

대룡과 거래할 정도의 기업 사장의 아들이 도둑질을 할 이유는 하나도 없다.

"경험 삼아서 편의점에서 일했던 모양입니다."

"그런데요?"

"그런데 폐기된 음식을 먹지 않습니까? 그걸 절도로 고소했답니다."

"허."

폐기란 법적으로 유통기한이 지난 음식들이다.

말 그대로 버려야 하는 음식들이지만, 냉장고에서 단 몇 시간 지났다고 갑자기 썩어 들어가거나 하지는 않는다.

그래서 보통 편의점에서는 그 폐기들을 직원들이 먹거나 가지고 가도 그냥 두는 편이다.

"그런데 그걸 가지고 갑자기 신고했다고요?"

"네. 더군다나 그 편의점에서 일한 게 3개월째랍니다."

그러면 그사이에 폐기된 음식은 어마어마하게 먹었을 것이다.

그리고 그걸 편의점주가 모를 리가 없고.

"그런데 그 3개월간의 절도로 고소했답니다. 고소하기 무섭게 구속영장이 나왔구요."

"아주 대놓고 짠 거군요."

3개월간 주인이 그걸 몰랐을 리가 없다.

그런데 갑자기 신고라니.

거기에다 단순히 유통기한이 지난 음식 몇 개 먹었다고 구속영장이 나온다?

그건 불가능하다.

구속이라는 게 뭔가? 증거인멸의 위험이 있고 도주의 위험이 있는 사람을 잡아 두는 것이다.

그런데 폐기 음식 몇 개 먹은 것은 증거인멸의 우려도 없을 뿐만 아니라, 그의 아버지는 적지 않은 돈을 가지고 사업하는 사람이다.

그런데 그 모든 걸 다 버리고 도망간다고?

설사 그게 진짜라고 해도 벌금 좀 나올 정도의 죄목에?

"계획적이라는 거군요."

차곡차곡 모이는 정보들.

그게 의미하는 것은 하나다.

대룡과 관계된 곳들을 말려 죽이겠다는 큰 그림.

'아마도 신동성이겠지.'

대룡이 지금까지 일본에서 그들에게 먹인 엿은 어마어마하다.

그리고 그 피해자는 대부분 신동성이다.

그들은 대룡이라고 하면 이를 박박 갈 것이다.

"결국 우리들이 신경을 쓰지 못하게 하겠다는 건데."

노형진의 예상에 다들 침묵을 지켰다.

그때 김성식이 불쑥 입을 열었다.

"우리가 소송해서 싸우기에는 상황이 너무 안 좋네. 세무 문제는 애초에 우리가 어찌할 수 있는 것도 아니고. 자네도 알지 않나? 뭐 하나 흥하게 하는 건 어렵지만 뭐 하나 망하게 하는 건 쉽다고."

친일파가 가진 최소한의 권력만으로도 기업체 두어 개 날리는 건 일도 아니다.

당장 세무조사 하나만으로 대룡이 꼼짝 못 하는 상황이다.

"그렇다고 그냥 당할 수는 없지 않습니까? 우리가 가만히 있는다고 해서 친일파 세력이 갑자기 개과천선할 리도 없고요."

그들에게 대룡은 어떻게든 망하게 해야 하는 곳이다.

그러니 그들이 갑자기 마음을 고쳐먹고 모든 걸 정상으로 돌릴 리가 없다.

"알고 있네. 그래서 내가 걱정하는 거야. 사실 자네도 알다시피 그들을 막을 수 있는 방법이 없지 않나? 과거 일본군 장교가 대통령이 되는 게 대한민국이야. 그들이나 그들 조상의 친일 행적이 그들의 삶을 망가트릴 수는 없네."

노형진은 한숨을 내쉬었다.

"그러면 개별적으로 공격하는 건 어떨까요?"

노형진이 가장 많이 쓰는 방법이 그거다.

범죄자들은 욕심이 많고 이기적이다.

자신들이 불리해지면 서슴없이 배신한다.

하지만 김성식은 그 말에도 고개를 흔들었다.

"자네는 친일파랑 대대적으로 싸워 본 적이 없지? 그렇지?"

"그건 그렇지요."

노형진은 순순히 고개를 끄덕거렸다.

그가 몇몇 친일파와 싸워 본 적은 있다.

하지만 지금처럼 친일파 전체와 싸울 일은 없었다.

"그들은 유기적으로 묶여 있는 하나의 거대한 그물 같은 거야. 그물코 하나만 자르고 싶다고 해서 자를 수 있는 게 아니지."

물론 노력하면 그 코 하나 정도는 자를 수 있을지도 모른다.

"그 대신에 그물에 칭칭 매이겠지."

"그게 저라고 해도요?"

"물론 자네라면 벗어날지도 모르지. 하지만 우리의 의뢰인이 누구인지 잊지 말게나."

"하긴 그러네요."

노형진이 그들을 작심하고 말려 죽이려고 한다면 과연 그들이 버틸 수 있을까? 그건 불가능하다.

그러나 노형진이 그들 하나하나를 말려 죽일 시간에 그들은 대룡을 말려 죽일 것이다.

"대룡도 저항한다지만, 덩치가 크다는 것은 생존에도 불리하다는 걸 알고 있어야 하네."

김성식은 눈을 찡그리며 말했다.

"경험입니까?"

"경험이다 뿐이겠는가? 그들의 세력이 어디까지 들어가 있는지 안다면 아마 소름이 돋을 거야."

친일파 세력은 욕심이 많다.

당연히 횡령을 비롯해서 많은 범죄를 저지른다.

"그리고 중수부는 그런 자들을 조사하고 처벌하는 곳이지."

그래서 그들을 잡기 위해 많은 노력을 했다.

하지만 대부분의 경우 그들은 미꾸라지처럼 벗어났다.

"설사 벗어나지 못했다고 해도, 위에서 내려오는 압력이 어마어마하네."

친일파 출신의 사업가 한 명을 횡령으로 김성식이 체포한 적이 있었다.

그런데 그날 하루에만 300건 이상의 전화가 와 그를 풀어 주라고 미친 듯이 압력이 내려왔다.

"장관에서부터 국회의원까지, 별의별 놈이 다 전화를 하더군."

결국 김성식은 그들의 욕심에 밀려 그 녀석에게 벌금을 먹이는 것이 다였다.

그것도 최소한의 벌금을 말이다.

그게 그의 최후의 저항이나 마찬가지였다.

"그런데 그 녀석들이 1심에서 나온 벌금을 2심에서 뒤집더군."

뻔하다. 시간이 충분한 만큼 판사에게 소위 말하는 인사를 친넸을 것이다.

아니, 그 판사 자체가 유명한 친일파였다.

"현실적으로 친일파는 처벌하는 게 불가능에 가깝네. 물론 명백한 범죄의 경우는 처벌할 수야 있지. 하지만 자네도 알지 않나? 그렇게 권력을 잡은 자들이 명백한 범죄를 저지를 가능성이 얼마나 되겠나?"

"하긴 그렇기는 하지요."

그들은 직접 움직이지 않아도 된다.

다른 사람을 통해 죽이거나 두들겨 패거나 협박하면 된다.

"그들의 세력은 어마어마해. 대룡도 제대로 대응하지 못하는 거 보면 모르겠나?"

심지어 똑똑하기까지 하다.

"끄응…… 차라리 적이라도 많으면 좋은데."

그런데 친일파는 그렇지 않다.

대부분의 친일파는 동시에 친미파다.

그들은 자신들의 이권에 예민하며, 그래서 돈이 되는 쪽은 귀신같이 알아내서 따라간다.

"친미파와 친일파가 사이가 안 좋으면 정리하는 거야 일도 아니겠지요."

무태식 역시 어깨를 으쓱했다.

"하지만 친일파와 친미파는 아마 70% 이상 겹칠 겁니다."

그러니 친미파를 이용해서 그들을 박멸하는 것은 불가능

에 가깝다.

"친일파라……."

노형진은 머릿속이 복잡했다.

한 번은 붙을 거라 생각했다.

하지만 이렇게 갑자기 붙게 될 거라고는 생각도 못 했다.

'가장 좋은 방법은 개개인을 때려잡는 건데, 그걸 멍하니 당할 리도 없고.'

어찌 되었건 대한민국에서 친일파는 권력의 핵심이다.

그들을 때려잡는 게 쉬운 게 아니다.

"잠깐 대화를 멈추지요."

"응? 그게 무슨 소리인가?"

"우리는 친일파 세력을 멈추고자 여기에 왔습니다. 그런데 우리가 하는 말은 친일파 세력이 얼마나 무섭고 위험한가에 대한 이야기뿐입니다."

"그건 틀린 말은 아니지 않나?"

김성식은 고개를 갸웃했다.

노형진이 진실을 알아야 제대로 대응할 수 있다고 해서 왔다. 그리고 지금 현 상황이 진실이다.

그런데 그 말을 하지 말자니?

"아니요, 좀 다릅니다."

"달라?"

"네, 우리가 해야 하는 건 친일파 세력을 박멸하는 게 아닙니다. 김성식 대표님이 말씀하신 대로 그들은 위험하고, 강한 힘을 가지고 있습니다."

그런 그들을, 수십 년간 자리를 지켜 온 그들을 노형진과 새론이 단기간 내에 박멸하는 것은 불가능하다.

"그러니까 우리는 의뢰의 내용을 확실하게 정리해야 합니다. 대룡에서 새론에 요구한 의뢰 사항은 친일파의 박멸이 아닙니다. 그들의 공격을 멈추는 거지."

다들 순간 입을 다물었다.

그러고 보니 착각하고 있었다.

대룡에서 요구한 것은 방어였다, 공격이 아니라.

"물론 공격이 최선의 방어라는 말도 있습니다. 하지만 현 상황에서는 그다지 적당한 말은 아니지요."

"으음……."

"결론적으로 말하면 그들을 멈출 방법만 찾으면 됩니다. 그들을 모조리 박멸하는 게 아니라요."

다들 침묵을 지키면서 깊은 생각에 빠졌다.

"확실히 비슷하지만 다르군."

"하지만 그렇다고 해도 쉬운 건 아니에요. 그들은 이미 공격을 시작했고, 이제 와서 돈을 주면서 멈춰 달라고 할 수도 없으니까요."

김성식과 고연미의 말.

무태식 역시 뭔가 알아차린 듯 노형진의 의견에 동조하면서 의견을 꺼냈다.

"그러면 대응책을 구분해 보죠. 생각해 보니까 노 변호사 말이 맞네. 우리가 왜 친일파랑 싸울 생각을 합니까? 그들의 공격만 막으면 되는 건데."

"그렇지요. 현재 그들의 공격 패턴은 총 두 가지입니다. 첫 번째는 대룡과 거래하는 기업에 대한 공격. 두 번째는 언론을 통한 조작."

직접적인 공격이나 다른 공격은 섣불리 하지 못하고 있다.

대룡이 진짜 막나가기 시작하면 아무리 친일파라고 해도 멀쩡하게 끝내지는 못할 테니까.

"대룡의 전략 팀에서도 그들의 행동은 우리가 움직일 카드를 막기 위한 것이라고 분석하고 있습니다. 진짜로 싸우자는 게 아니구요. 즉, 그 두 가지를 틀어막으면 친일파 세력은 대룡에 대해 공격적인 방식을 쓰든가 입을 다물든가 해야 한다는 겁니다."

"그들도 전면전은 꺼린다 이거군."

"그럴 겁니다."

대룡도 대룡이지만 새론, 아니 노형진의 뒤에는 미다스가 있다.

만일 마이스터와 미다스가 빠쳐서 일본을 쥐고 흔들기 시작하면 그렇잖아도 흔들리고 있는 일본 경제에 비수가 될 수도 있다.

이것이 법이다

"그러니 그들이 하기 싫어하는 쪽으로 방향을 잡으면 될 것 같습니다."

"그게 무슨 말인가? 설마 이 상황에 일본으로 눈을 돌리자 이건 아니지?"

그건 너무 비효율적이다.

그런다고 해서 신동우와 신동성의 싸움에 큰 영향을 주지는 못한다.

"그들은 전면전을 거부하면서 국지전을 원하고 있습니다. 마치 일본처럼요."

일본은 절대 주변 국가들과의 전면전은 원하지 않는다.

하지만 주변국을 도발함으로써 자국 내 극우 세력을 모으고 있다.

정치적 문제다. 그래야 자신들의 세력이 더욱 커지니까.

"그 점을 역이용하지요. 이쪽에서는 전면전으로 나갑시다."

"전면전?"

"그렇습니다. 그들이 피하고자 하는 걸 우리가 먼저 하는 거지요."

"으음……."

다들 잠시 생각에 빠졌다.

확실히 한국에서 친일이란 하나의 굴레다.

대놓고 친일을 하기는 하지만 또 한편으로는 친일을 부정한다.

"그런데 어떻게요? 누가 명령을 내렸는지 알 수도 없는데 저 녀석은 친일이라고 할 수는 없잖아요?"

"그건 불가능하죠. 하지만 일본에서 일본인 사업가는 불러올 수 있지요."

노형진은 미소를 지으며 말했다.

"대동은 오랫동안 한국의 기업들을 집어삼키려고 해 왔습니다. 그걸 이용하면 됩니다."

⚖️

대부분의 신문들은 신념이라는 게 없다.

한때는 각 언론사마다 신념이 있고 논조가 있었지만 지금은 모두 자본주의에 굴복하여 오로지 조회 수와 광고비만을 따진다.

조회 수가 늘어야 광고비가 많이 들어오니까.

당연하게도 그들에게 중요한 것은 일부 언론을 제외하고는 모두 자극이다.

그러나 모든 기자들이 그런 것은 아니었다.

아주 드물지만 그런 자극보다는 진실을 추적하는 기자들이 언제나 존재하기 마련이었다.

"선배, 이게 사실일까요?"

인터넷 언론사 중 하나인 오예스신문.

그다지 규모가 큰 곳은 아니지만 그래도 나름 인지도가 있는 신문사다.

그런데 그곳에 제보 하나가 들어왔다.

"일본에서 한국 기업을 고사시켜 집어삼키기 위해 수 쓴다는 거?"

"네. 이거 사실일까요?"

"글쎄, 그건 모르겠지만 이 증거만 보면 확실히 의심스럽기는 하지."

익명의 메일로 들어온 하나의 제보.

거기에는 일본 기업이 한국 기업을 집어삼키기 위해 한국의 친일파와 짜고 한국 기업을 고사시킨다는 내용이 적혀 있었다.

"과거의 대동 사태를 생각하면 농담은 아니기는 한데……."

대동이 한국에 들어올 때 그런 방법을 많이 썼다.

고의적으로 위험으로 몰아넣고 그 이후에 그들에게 손을 내미는 척하면서 헐값에 경영권을 빼앗았다.

"실제로 있었던 일이고 또 실제로 있을 수도 있는 일이기는 하지."

선배 기자는 머리를 긁적거리며 말했다.

제보로 들어온 기록들은 누가 봐도 잘 정리되어 있었고 또 누가 봐도 사실이었다.

"하지만 그 안에 보이는 게 전부는 아니야."

"어째서요?"

"대룡과 연관된 기업들이 세무조사를 받는 것은 사실이야. 그래서 뭐? 대기업이랑 연관되었다고 해서 세무조사를 받아서는 안 된다는 법은 없잖아? 아니, 그게 더 정상이 아니지. 대기업과 연관된 곳이라면 더 감시해야지."

"그런가요?"

후임은 머리를 긁적거렸다.

"그리고 말이다, 언론은 팩트야, 팩트! 어디서 썰만 들어서는 의미가 없다고. 조회 수나 따지면서 확인도 안 하고 자꾸 싸지르니까…… 악! 누구야!"

선배 기자는 자신을 때린 사람이 누군지 돌아봤다가 히죽 웃으면서 일어나서 바로 고개를 숙였다.

"형님, 오셨습니까요? 인사 오지게 박습니다요."

"이 새끼야, 박기는 뭘 박아?"

편집장은 짜증스러운 표정으로 선배 기자를 바라보았다.

"오현수, 너 그놈의 팩트 떠드느라 지금 이 주일째 한 건도 못 올린 거 알지?"

"아니, 편집장님. 제가 우라까이 할 군번은 아니지 않습니까?"

"누가 우라까이 하래? 기사를 가지고 오라고! 기사를!"

우라까이, 그러니까 남의 기사 베껴 쓰기. 현대에는 대부분의 기자들이 하는 일이었다.

"아니, 검증은 해야지요."

"너 지난번에 영화감독 불륜설, 그거 팩트 체크한다면서?"

"아, 그거요? 영화감독이 불륜한 거 아니에요. 인터넷에서 도는 헛소문이더라고요."

"아니, 그러면 2주 동안 뭐 한 거야?"

오헌수는 어깨를 으쓱했고 편집장은 그의 머리를 한 번 더 후려쳤다.

"아이고, 이 새끼야. 내가 너 때문에 죽겠다."

"왜 이러십니까? 솔직히 저 때문에 터진 사건이 몇 개인데."

"아니, 그래도 그렇지 2주를 날려? 네 월급은 꽁으로 주는 줄 알아!"

"하지만……."

"하지만이고 나발이고, 이번 주 안으로 뭐라도 하나 못 건 지면 우라까이라도 해! 알았냐!"

편집장의 말에 오헌수는 입맛을 다시더니 시선을 후임에 게 돌렸다.

"야, 뭐 없냐?"

"선배, 팩트는 선배가 발굴해야지요."

"아니, 그러니까 소스를 줘야 내가 팩트를 조지지."

"이거뿐이에요."

툭툭, 이메일로 온 내용을 가리키는 후임.

"아, 씁. 이거 그냥 썰 같은데."

세무조사는 툭하면 하는 일이고 그때마다 기업들은 나는 억울하다, 나 죽는다고 비명을 질러 댄다.

"하지만 이게 사실이라면요?"

"응?"

"아니, 썰이 그렇잖아요. 만일 정말로 국내 친일파가 기업들 집어삼키려고 세무조사를 때려서 몰아붙이는 거라면 심각한 거 아니에요?"

"그건 그렇지."

"더군다나 그 배후에 있는 사람이 누구인지도 모른다잖아요."

"없을 수도 있지."

"그런 걸 생각하면 팩트는 언제 조집니까?"

"하긴, 네 말이 맞기는 하다."

오헌수는 입맛을 다시면서 고개를 끄덕거렸다.

"일단 알아보자고."

⚖

"확실히 이상하기는 하네."

조금만 팠음에도 불구하고 세무조사가 이상하기는 했다.

딱히 탈세 혐의도 없었고 세금도 꼬박꼬박 내는 편이었다. 그런데 갑자기 세무조사가 들어왔다.

"말이 안 되는 것 같은데요. 선배, 이런 식으로 세무조사가 들어가는 경우도 있어요?"

"있기는 하지, 상대방이 한쪽을 조질 때."

오헌수는 익숙하다는 듯 말했다.

"하지만 여기는 정치인들이 조질 만한 곳이 아닌데."

"뭐, 정치자금을 안 줘서 그런 거 아니에요? 그런 경우 종종 있었잖아요."

오헌수가 피식 웃었다.

"여기를? 정치인이? 죽으려고?"

"네? 그게 무슨 말이에요?"

"여기는 대룡에 납품하는 회사야. 물론 계열사는 아니고 하청이지만, 중요 부품을 납품한다고."

"그런데요?"

"그런데 정치인 한 명이 자기한테 정치자금을 안 준다고 여기를 날려 버리려고 한다? 여기 멈추면 대룡은 최소 두 달은 정지야. 그러면 대룡이 얼마나 피해를 볼 것 같냐?"

"아하!"

"대가리 돌아가는 놈이라면 죽어도 여긴 안 건드려."

"하지만 상황이 이상하잖아요."

"그건 그런데 말이지."

오헌수는 입맛을 다셨다.

그런데 저 멀리 공장에서 한 대의 차량이 나오는 게 보였다.

"그러고 보니 저 차 겁나 안 어울리네."

"뭐가요?"

"저 차, 꼭 이 시간이 되면 들어가지 않냐?"

고급 세단.

그런데 그 차량은 들어가서 얼마 안 있다가 나왔다.

일을 보는 것치고는 너무 어색했다.

"뭐지?"

"썰 좀 받아 볼까요?"

"어디서?"

"여기 여직원 번호 따 놓은 게 있는데."

"아오, 이 새끼! 일을 하라니까 작업하고 자빠졌네."

손이 하늘로 올라가는 오헌수.

후임은 그런 그의 손을 피하면서 피식 웃었다.

"억울하면 선배도 잘생기든가요."

"너 잡히면 진짜 죽는다."

"비서실인데?"

"죽을 때까지 마시자. 그래, 썰 좀 따와 봐."

오헌수의 얼굴에 환한 미소가 떠올랐다.

⚖️

　후임은 비서를 통해 그들이 왔을 때 나눈 대화를 몰래 녹음했다.

　물론 비서는 무척이나 겁을 냈지만 바로 녹음하고 가지고 오는 것은 어렵지 않은 일이었다.

아주 짧은 시간이었지만 그 안에 들어 있는 내용은 무겁다 못해서 땅이 꺼질 지경이었다.

－그래서 기업을 안 팔겠다는 겁니까?
－제가 평생을 바쳐서 세운 기업입니다. 시총이 1천억입니다. 그런데 고작 200억에 회사를 넘기라고요?
－어차피 다 날아갈 기업 아닙니까? 자랑스러운 대일본 제국의 기업이 되면 세계를 호령하게 될 겁니다.

"대일본 제국?"
"쉿, 조용히 해 봐!"
오헌수는 후임의 뒤통수를 치고는 녹음기에서 나오는 말에 집중했다.

－어차피 이 기업은 우리 대일본번영회에서 우리 휘하에 넣기로 결정한 곳입니다. 지금까지 당한 세무조사로는 부족하다고 생각하시는 모양이군요.
－그, 그건…….
－세무조사는 아무것도 아닙니다. 사장님뿐만 아니라 직원 개개인에 대한 모든 조사도 다 하고 있습니다. 이 회사에 속한 개미 한 마리 부품 하나까지, 다 우리가 알고 있단 말입니다.
－…….

—좋게 말할 때 우리 휘하에 들어오세요. 대일본번영회 아래로 들어오면 부귀영화를 누릴 수 있습니다.

그 말을 들으면서 오헌수는 입술을 깨물었다.
'그러면 그 말도 안 되는 이메일이 진짜란 말이야?'
일본에서 한국의 유수 기업을 집어삼키기 위해 친일파 세력을 동원해서 해당 기업을 말려 죽이고 그 이후에 터무니없는 가격으로 흡수하려고 한다는 이메일의 내용.
헛소리인 줄 알았는데 녹음기 내에서 들려오는 목소리는 그게 진실이라고 이야기하고 있었다.

—어차피 대룡은 우리 대일본번영회에서 집어삼킬 겁니다. 모든 준비는 되어 있습니다. 당신들이 같이 침몰하든가 아니면 대룡과 함께 우리 아래로 오든가. 그건 당신들이 결정할 문제입니다.
—대, 대룡도 말입니까?
—설마 우리 대일본번영회가 고작 당신네 작은 회사 하나 가지려고 한국 내 정치인들까지 동원해서 관련 기업 세무조사 하는 줄 알았습니까?

상대방의 목소리는 차갑기 그지없었다.

—딱 닷새 드리겠습니다. 만일 그 안에 대답이 없을 경우 당신네

이것이법이다

회사에 대출금 전액을 상환하도록 압박하겠습니다.

　-그, 그런……!

　-설마 한국은행에 일본 자금이 안 들어갔으리라는 말도 안 되는 생각을 하는 건 아니겠지요?

　-…….

　-닷새입니다. 당신 생명 줄은 그것뿐입니다.

짧은 녹음 기록이었다.

하지만 오헌수의 얼굴은 환해졌다.

"이게 팩트지! 이게 팩트야!"

"선배, 이거 심각한 문제 아니에요?"

"심각? 심각 정도가 아니지. 일본에서 정치인들을 동원해서 대룡을 집어삼키려고 주변 기업들을 고사시키고 있어! 이게 얼마나 큰 건인지 모르겠냐?"

오헌수는 주먹을 꽉 쥐었다.

"우라까이? 조까라 그래! 내가 이거 우라까이 하는 거 가지고 10만 원만 받았으면 아마 빌딩을 살 거다, 흐흐흐."

그는 간만의 특종 생각에 아주 얼굴이 환해졌다.

⚖️

얼마 후 언론에서 터진 일본의 행동은 한국을 발칵 뒤집었다.

일본에서 대룡을 노리고 작업한다는 사실이 드러나자 국민 여론은 말 그대로 벌 떼처럼 들고일어났다.

―미친 쪽바리 놈들. 방사능을 삽으로 퍼먹었나?
―그런데 이거 개뻥 아니냐? 다른 곳도 아니고 대룡을?
―대룡 삼키고도 남지. 그 새끼들이 어떤 새끼들인데.
―내가 아는 분이 세무서에 근무 중인데, 위에서 대룡과 조금이라도 관련 있으면 잉크 하나라도 털어 내라고 오더가 내려왔다더라.
―와. 그러면 이거 팩트네.
―농담 아닌 듯. 요즘 뉴스를 보면 대룡과 조금만 관련이 있어도 영혼까지 털리는 듯.

벌어진 일이 워낙 많았기 때문에 한번 언론에서 터져 나가기 시작하자 여론이 그쪽으로 쏠리는 것은 순식간이었다.
졸지에 일본은 대룡을 집어삼키기 위해 한국 정치인들을 동원해서 대기업을 망하게 하려는 나라가 되었다.
"그리고 거기에 압력을 넣은 정치인들은 난리가 났겠지요."
노형진은 히죽거리며 말했다.
"그들은 이번 일을 조용히 처리하려고 했을 겁니다. 하지만 이건 이제 경제 전쟁이 되어 버린 거거든요."
그리고 그걸 명령한 정치인들은 다급하게 빠져나갈 구멍을 찾기 시작했지만 그럴 만한 구멍이 없었다.

이것이 법이다

"대룡이 바보도 아니고 말이지."

유민택은 흡족한 표정으로 미소를 지었다.

그 뉴스가 나간 후 대룡은 극도로 분노하면서 관련자 전원에게 복수를 천명했다.

과거에 회사 직원의 아이를 건드렸다는 이유로 불법적 복수까지 결의했던 속칭 '미친 대룡'이 발동이 걸렸다.

이유도 없이 분노했다면 사회적 지탄을 받겠지만 지금 상황은 충분한 이유가 되었고, 그걸 뭐라고 하는 사람은 아무도 없었다.

"그리고 이 문제를 가지고 대놓고 정치인, 판사, 검사, 심지어 대통령에게까지 독대를 요청했으니까."

여기서 만일 대룡을 문전박대하면 자기가 이 대룡을 팔아먹은 세력이라는 걸 인정하는 꼴이었고, 그 때문에 모든 정치인들은 대룡과 만나는 것을 기꺼워했다.

"도리어 조사하던 세무서 직원들이 조사받기 시작했으니 당연히 누가 위에서 오더를 내렸는지 금방 알려질 겁니다."

잔뜩 분노한 대룡과 국민들.

세무서가 그들과 싸워서 이길 수는 없다.

더군다나 무리해서 세무조사를 한 기록이 분명 남아 있었다.

"그런데 의외군. 나는 당연히 친일파 세력이 사건을 무마하려고 할 줄 알았는데?"

"그건 상황이 될 때의 이야기입니다."

이건 너무 심각한 문제이기에 무마할 수 있는 수준의 사건이 아니었다.

"더군다나 지금 광기의 대룡의 상황은 딱 그거거든요. 어디 한 새끼만 걸려 봐라."

농담이 아니다.

노형진은 실제로 그렇게 기자회견을 하라고 했고, 그에 따라 대룡의 대변인은 관련된 놈들은 모조리 죽여 버리겠다고 길길이 날뛰었다.

보통 절제된 단어를 이용하는 기자회견과 전혀 다른 모습이었다.

하지만 사람들은 그 분노를 이해했다.

대놓고 관련 기업들을 망하게 한 후에 기업을 통째로 삼키겠다는 이야기가 나왔으니 거기서 참으면 그게 병신이다.

"다만 사장님한테 미리 이야기하지 못한 게 미안하기는 하지만요."

애초에 그 하청 회사에 접근해서 기업을 팔라고 한 것은 노형진이었다.

그리고 당연하게도 일본에는 대일본번영회라는 곳이 실존한다.

그런데 그곳은 노형진이 일본의 극우를 통제하기 위해 만든 가짜 극우 단체다.

"중요한 건 극우 단체가 작전을 세웠고 한국 정치인들이 받아들였다는 거지요."

입으로 친일하는 거? 괜찮다.

대놓고 일본을 찬양하는 거? 그것도 괜찮다.

"그런 건 국민들에게는 사실 거리감이 있거든요."

자신에게 영향이 오는 게 아니니까.

눈살이 찌푸려지는 것뿐이니까.

하지만 그들은 한국 기업을 망하게 하려고 했다.

그리고 그걸 집어삼키려고 했다.

당연하게도 그 과정에서 고용 승계 따위는 없을 것이다.

"노동자가 대부분인 한국에서 그러한 일은 충격이 클 수밖에 없지요."

"그건 알겠네만, 어째서 친일파가 움직이지 않느냐가 나는 이해가 안 가네. 보통은 이런 상황에서는 같이 움직이면서 사건을 덮거나 하거든?"

"일단 첫 번째는, 사건을 덮기에는 너무 커졌습니다."

전 국민들이 다 아는 사실이다.

그걸 덮으려고 하다가 잘못 엮이면 똑같이 끌려갈 수도 있는 일이다.

"다른 문제는, 지금 대룡의 포지션은 저격수라는 거지요."

"저격수?"

"그렇습니다. 친일파가 힘쓸 수 있는 것은 연관된 녀석들이 알게 모르게 보호하고 있기 때문입니다."

친일 발언이나 개인적인 범죄를 저지른 정도라면 검사는 최소 형량을 청구하고 판사는 그걸 집행유예로 깎아 준다.

그게 지금 친일의 구조다.

"그런데 대룡이 지금 미친놈 모드니까요."

걸리면 죽는다는 말, 그게 진짜로 먹히는 순간이다.

"사건을 덮자니 같이 끌려갈 것 같고, 그냥 직진하자니 일이 너무 커진 거지요."

"그래서 그 세무조사 하던 직원들에게 감시인을 붙이라고 한 건가?"

"불법이고 뭐고 신경 쓰지 않는다, 건드린 새끼는 죽인다는 느낌이 중요한 겁니다. 쉽게 말해서 안 걸리면 그만이라는 거지요."

안 걸리면 그만이라는 것은 부패한 인간일수록 누구보다 잘 알고 있다.

"추적? 기껏해야 벌금입니다. 대룡이 그거 무서워할 이유가 없지요. 하지만 그들에게는 공포 그 자체가 되는 거지요."

괜스레 같이 있다가 엮일까 봐, 대룡의 보복 라인에 들어갈까 봐 그들은 극도로 몸을 사리고 있다.

"그들이 하던 걸 정반대로 돌려주는 것뿐입니다. 그것도 국민들의 지지를 받아 가면서요."

지금 국민들은 대룡과 마찬가지로 친일파 색출에 눈이 돌아갔다.

자기들에게 피해가 오는 상황을 그냥 두고 볼 수는 없게 된 것이다.

"그러니 정치 쪽 친일파는 아무래도 움츠러들 수밖에 없지요."

만일 여기서 자기가 엮이면?

대룡이 죽이려고 덤빌 것이다.

또한 국민들에게 친일파라고 대놓고 찍힐 것이다.

권력을 잃어버리는 건 그들에게 공포다.

"아마 다시는 대룡을 건들겠다는 생각은 못 할 겁니다."

노형진은 씩 웃었다.

그들을 모두 응징하지는 못했지만 최소한 그들의 공격을 방어하는 데에는 성공했다.

"그러면 이제 남은 건 언론이로군."

"그렇지요."

사실 이 사건은 인터넷에서는 시끌시끌하지만 정작 언론에서는 몇몇 중립 언론사를 제외하면 대형 언론사들은 거의 이야기하지 않고 있었다.

그럴 수밖에 없다. 뒤에서 가짜 뉴스를 만들며 대룡을 말려 죽이려고 한 게 그들이니까.

"그들이 당장 공격하지는 않겠지만 한 번은 건드려야 합니다. 그래야 나중에 똑같은 짓을 안 할 겁니다."

노형진은 그렇게 말하면서 미소 지었다.

"아직 미친놈 눈 돌아가려면 좀 남았습니다, 후후후."

본보기라는 말이 있다.

좋은 의미에서는 좋은 모습을 보여 줌으로써 남들에게 자신을 따르게 하는 것이기는 하지만 사실 그런 의미보다는 나쁜 의미, 그러니까 뭐 하나 작살내서 강력한 경고를 보내는 것이 바로 본보기다.

"칭기즈칸은 그런 본보기를 아주 잘 사용하는 사람이었지요."

그는 자신에게 저항하는 마을을 본보기로 참살하곤 했다.

그런데 그냥 쳐들어가서 무너트린 정도가 아니다.

애 어른 할 것 없이 모조리 쳐죽였다.

심지어 그 마을에 있는 개 새끼 한 마리까지 모조리 죽였다.

자신에게 저항하는 자는 모조리 죽인다는 그런 그의 방식은 그가 몽골을 지배하는 데 큰 도움이 되었다.

저항하다가 그렇게 죽느니 차라리 아래로 들어가서 목숨을 부지하는 것이 나으니까.

"그리고 중세에는 사형도 본보기였구요."

과학기술도 없고 추적 기술도 없는 중세. 범죄의 처벌은 무조건 사형이었다.

그 당시 사형은 일종의 구경거리 개념이 강했고 사형이 이루어질 때면 많은 사람들이 몰려들었다.

"심지어 소매치기를 사형하기 위해 모여들었는데 거기서 소매치기하다가 잡혀서 바로 사형대로 끌려 올라가는 경우도 있었다고 하더군요."

"그래서 우리가 본보기로 언론사 하나를 작살내라 이건가?"

유민택은 곤란한 듯 머리를 긁적거렸다.

"그건 아무리 생각해도 무리야. 물론 나도 마음에 안 드는 언론사가 있네. 그 당시에 말도 안 되는 헛소문을 퍼트린 곳도 있어. 가령 뉴스데이라잇 같은 곳은 아주 대놓고 친일이니까."

그곳은 대룡에 대한 공격이 시작되었을 때 대놓고 적대적으로 행동했다.

다른 언론사들처럼 대룡신화공업 같은 걸로 말장난을 한 수준이 아니라, 대놓고 대룡이 수조 원대의 탈세를 하고 또 유민택이 어마어마한 돈을 빼돌렸다고 주장하기도 했다.

"물론 그건 거짓말이 아니기는 하겠지만요."

아마 후자 쪽은 진실일 것이다.

그러지 않는 부자는 없으니까.

"으음⋯⋯."

유민택은 신음 소리를 냈다.

하지만 노형진은 모른 척했다.

"진짜 문제는, 그들이 그렇게 주장한 이유가 그냥이라는 거지요."

증거? 없다.

취재? 없었다.

관련 제보? 그것도 없었다.

말 그대로 아무것도 없는데 그냥 마구 던진 것이다.

이유? 간단하다. 다 그러니까.

사실 대룡이 다른 기업보다 선량한 부분이 있는 것은 사실이다.

'하지만 비자금이 없을 수는 없지.'

애초에 한국에서는 비자금을 주지 않으면 기업의 운영 자체가 불가능할 정도다.

물론 대룡쯤 되면 비자금을 주는 이유가 정치인들이 무서운 것보다는 서로 좋은 게 좋은 거다, 편하게 일하자 정도의 개념에 가깝지만 말이다.

"그러면 뉴스데이라잇을 노리려고 하는 건가? 하지만 거기는 사실 의미가 별로 없어 보이는데."

유민택은 떨떠름한 표정으로 말했다.

그럴 수밖에 없는 게, 뉴스데이라잇은 극단적 친일 신문이라서 인터넷 신문사 중에서도 아주 작은 곳에 속한다.

"사실 거기에 대해 일벌백계한다고 해서 언론에서 두려워할 리는 없고."

그런 데는 날아가 봐야 위협도 안 된다.

뉴스데이라잇 자체도 날아가면 그냥 이름을 바꾸고 새로 언론사를 만들어도 그만인 수준이다.

"압니다. 그런 곳을 날려 봐야 사실 일벌백계의 효과는 전혀 없겠지요. 최소한 중견급 이상에 치명적인 타격을 줘야 합니다."

"광고라도 뺄까?"

언론사에게 두려운 것은 광고다.

광고가 없으면 돈이 안 들어오고, 돈이 안 들어오면 언론사는 망하기 마련이다.

"그게 일벌백계가 될 거라고 생각하시나요?"

"될 리가 없지."

잠깐이면 모르지만 장기적으로는 그다지 의미가 없다.

그렇다고 해서 그들을 가만둘 수도 없는 노릇이고.

"우리가 노리는 건 언론사가 아닙니다."

"그러면?"

"우리가 노리는 건 기업입니다."

"기업?"

"그렇습니다. 언론사에서 광고를 빼 봐야 결국 그 자리에 다른 기업이 들어갈 테니까요."

실제로도 그게 사실이다.

어찌 되었건 언론사의 광고를 빼는 경우 그들이 움츠러드는 건 사실이지만 타격이 크지는 않다.

"사실대로 말하면 현재 언론사에 광고를 넣는 게 큰 효과가 있는 건 아니잖습니까?"

"그건 그렇지."

대한민국에서 대룡을 모르는 사람들은 없다.

그리고 뭘 파는지 모르는 사람도 없다.

"광고라는 건 새로운 상품을 알리거나 이미지를 바꾸거나 기업의 이름을 알리기 위해 하는 거지요. 하지만 대룡은 이 세 가지 모두 의미가 없습니다. 아니, 사실 대룡뿐만 아니라 어지간한 대기업은 그렇지요. 그럼에도 매일같이 어마어마한 돈을 들여서 신문에 광고를 넣습니다. 왜입니까?"

"뭐, 좋은 게 좋은 거라는 거지."

당장 홍보할 것은 없다지만 반대로 언론에서 자기들을 씹는 걸 막고 싶은 거다.

홍보해서 이미지를 좋게 만드는 건 힘들지만 이슈 하나만으로도 똥 만드는 건 아주 쉬운 일이니까.

"하지만 지금 상황에서 그들은 대룡의 이미지에 똥칠을 했지요. 그러면 당연히 광고를 빼야 하는 거 아닙니까?"

유민택은 고개를 끄덕거렸다.

"실제로 빼 버렸네. 일종의 경고로. 효과가 거의 없어서 그렇지."

광고를 뺐지만 그 자리에 다른 기업이 들어왔고, 그들은 대룡의 이미지에 똥칠을 하는 것을 멈추지 않았다.

"그러면 돈이 남겠지요?"

"돈? 돈이야 남지. 광고비가 절대 적은 게 아니니까."

대룡쯤 되면 광고비로 하루에 10억 이상 쓴다고 봐야 한다. 그런데 그게 나가지 않으니 그만큼 남는다.

"그러면 미친놈의 쇼핑을 한번 하시지요."

"미친놈의 쇼핑?"

"네."

노형진은 씩 웃으며 말했다.

"어디 보자…… 여기 이 기업 아십니까?"

"중각호텔? 처음 듣는데?"

"네, 그러실 겁니다."

노형진은 씩 웃으며 말했다.

"여기를 사시지요."

"뭐?"

노형진의 말에 유민택은 눈을 찌푸릴 수밖에 없었다.

"그 회사를 왜 사?"

"아! 거기 회사를 사시라는 게 아닙니다. 그 주변을 사시라는 거지요."

"응?"

"저희 대표님이신 김성식 변호사님이 그러더군요. 흥하게 하는 건 겁나게 힘들지만 망하게 하는 것은 겁나게 쉽다고."

노형진의 얼굴에 잔인한 미소가 떠올렸다.

"어디 한번 좆 되어 보라고 하는 겁니다, 후후후."

⚖

중각호텔. 중국인 관광객을 받기 위해 제주도에 만들어진 호텔이다.

물론 그 구조가 좀 애매한 호텔이기는 하다.

일반 기업 소속이 아니라 분양형 호텔이니까.

분양형 호텔이란 호텔을 짓고 그 방을 일반에게 판매하는 방식의 호텔이다.

그렇게 판매한 호텔 방에서 나오는 수익을 투자자가 가지고 가는 방식을 뜻한다.

당연히 그들은 건물을 팔기 위해 광고를 했다.

그런데…….

"저거 뭐야?"

좀 떨어진 곳, 그곳에 생긴 표지.

"대룡생물비료연구소 신축 예정 부지?"

뜬금없이 좀 떨어진 곳 땅이 팔리는가 싶더니 거기에 이상한 게 붙었다.

물론 대룡이라는 존재가 한국에서는 중요하고, 그들과 잘만 만나면 큰돈을 벌 수 있기는 하다.

문제는 그 '잘만 만나면'이라는 조건이다.

"저게 뭔 소리야? 생물비료연구소라니? 생물에 비료가 왜 필요해?"

사장은 어떻게 해서든 현실을 부정하고 싶어서 노력했다.

하지만 그러기가 너무나 힘들었다.

"대룡이 저기에서 생물 비료를 만들어서 판답니다. 제주도의 자연을 보호하기 위해서요."

"뭐? 보호?"

"네…… 공식적으로는요."

부하 직원은 멍하니 그곳을 바라보면서 말했다.

그럴 수밖에 없는 게, 생물 비료라고 하면 누구나 아는 거니까.

거름 또는 퇴비라 불리는 것.

쉽게 말해서 똥을 썩혀서 만드는 것들.

"그게 말이 된다고 생각해!"

호텔 바로 옆이다.

더군다나 위치상 그 자리에 퇴비 더미가 쌓이면 바람이 이쪽으로 불어서 호텔은 사시사철 똥 냄새에 찌들게 된다.

똥 냄새만이 문제가 아니다.

퇴비가 있는 곳에는 어마어마한 파리가 있기 마련이다.

그런데 소독을 할 수 없다.

그러면 퇴비를 썩게 만드는 세균이 죽으니까.

냄새와 벌레로 가득한 호텔. 미친놈이 아닌 이상에야 거기에 묵으려고 하는 사람은 없다.

"아니, 왜! 도대체 왜! 우리가 뭘 잘못했는데!"

사장은 길길이 날뛰었다.

자신이 잘못한 것도 없는데 왜 그런 걸 만드는지 이해가 가지 않았다.

"사장님, 아무래도 그게 문제 같습니다. 인터넷에서 도는 소문인데……."

"인터넷에서 도는 소문?"

"네. 우리가 신문에 광고하지 않았습니까?"

"그래야 건물을 팔지!"

"그런데 그, 그 신문이 대룡과 전쟁 중이라는……."

"전쟁?"

"네, 소문이 파다합니다."

언론사에서 대룡에 대한 허위 사실을 유포했다고 한다.

대룡은 왜 그랬는지 정식으로 답변을 요구하고 언론중재

위원회에 중재를 요청했지만, 언론사는 철저하게 무시로 대응하고 있다고 한다.

"그건⋯⋯."

사장도 아는 소식이다.

아니, 한국 사람들 중에서 모르는 사람이 있겠는가?

일본에서 대룡을 먹기 위해 수 쓰다가 걸렸으니까.

단순한 뇌피셜이 아니다.

실제로 일본에 대일본번영회라는 곳이 존재하며 언론사가 그곳에 질문하자 그들은 한국 진출이야말로 우리 일본 제국의 염원이라는 말로 대답했다.

당연히 나라가 뒤집어졌고 말이다.

물론 그들은 민간단체고, 그런 소리를 했다고 해서 선전포고 같은 것으로 받아들일 수는 없다.

현실은 그들과 손잡은 친일파가 국가 기업의 고의 부도를 유도하고 일본에 팔려고 했던 사건이다.

물론 친일파는 그들이 누군지도 모르고 만난 적도 없다.

하지만 우리는 그들을 만나거나 이야기한 적 없다고 발표할 수도 없다.

발표하는 순간 자신은 친일파라고 선언하는 꼴이니까.

설사 그런 발표를 한다고 해도, 실제로 대룡에 대한 압력이 행사된 이상 그걸 믿을 한국인은 아무도 없을 테고 말이다.

"그 사건과 관련해서 대룡과 척졌다고⋯⋯."

사장은 입술을 깨물었다.

그는 그런 걸 몰랐다.

그는 그저 자신이 지은 이 호텔을 팔고 싶은 것뿐이었다.

"장난하는 거지?"

"장난이 아닙니다. 대룡은 그 언론사에서 모든 광고를 뺐습니다. 그 언론사와 관련된 모든 곳에서도요."

"그런데 왜 우리한테 이러는데……."

거의 울상이 되어 버린 사장은 참담한 표정으로 커다랗게 붙어 있는 팻말을 바라보았다.

"미치겠네……."

애국경제의 사장 소만섭은 미칠 것 같았다.

신문의 가장 중요한 부분은 바로 돈이다.

광고를 따 와서 그걸 가지고 돈을 벌어야 신문사가 유지된다.

"뭐요? 기껏해야 광고를 빼는 게 끝이라고? 지금 이거 어쩔 거야!"

소만섭은 신문을 들고 거칠게 소리 질렀다.

그럴 수밖에 없다.

오늘 나간 신문의 두께는 터무니없이 얇았으니까.

평소의 절반에도 미치지 못하는 얇디얇은 신문.

"이거 어쩔 거냐고! 어! 심지어 인터넷 광고도 안 붙어!"

"그게…… 대룡에서 이렇게 할 줄은……. 아니, 애초에 불만이 있는 기업들은 기껏해야 소송을 하거나 중재를 하는 정도였지……."

"그 미친놈들 조심하라고 했지! 대룡 몰라? 모르냐고! 그 새끼들, 눈깔 돌아가면 뵈는 거 없는 새끼들이라고 했어, 안 했어!"

소만섭이 이렇게 화를 내는 이유는 간단하다.

광고가 거의 없기 때문이다.

"젠장!"

대룡은 미쳤다. 완전히 미쳤다.

차라리 자신들에게 소송을 하거나 언론중재위원회로 끌고 가면 버틸 수 있을 것이다.

그런데 그들은 자신들에게 광고한 회사 중 하나를 골라서 작살을 내고 있었다.

현실적으로 광고를 하는 회사들이 모두 큰 것은 아니다.

전면 광고는 엄청나게 비싸지만 그게 가능한 것은 대기업 정도다.

나머지는 그나마 큰 것이 4분의 1 정도 되는 하단 광고이고 그 외의 광고는 아주 작다.

그리고 대룡의 목표는 다름 아닌 하단 광고급 이하의 기업들이다.

광고가 올라가는 순간 이를 박박 갈면서 달려들었다.

이것이 법이다

호텔에는 옆의 땅을 사서 퇴비 공장을 만든다고 했단다.

학원 광고가 올라가자 직원을 상주시키면서 영업시간이 지나면 칼같이 신고했다.

영화 광고가 올라가자 대룡 영화 체인에서 일제히 그 영화가 내려갔다.

중소기업 광고가 올라가자 미친 듯이 그 회사의 주식을 긁어모아서 사장을 해고해 버렸다.

"아니, 이게 가능해? 진짜 미친 거 아냐?"

"그게…… 계산해 보니까 저쪽은 딱 우리에게 집행할 돈을 모아서 하고 있습니다."

"뭐라고?"

"저쪽은 어차피 나갈 돈이었다는 겁니다. 우리는 들어올 돈이 도리어 엉뚱하게 돌고 있는 거고요."

"허."

소만섭은 기가 차서 말이 안 나왔다.

그러니까 저쪽에서 미쳐 날뛰고 있는데 자신들과 다르게 손해도 거의 없다는 것이다.

"다른 기업들이 저항도 못 하고 있습니다."

"저항이 가능하겠냐!"

상대방은 대룡이다.

더군다나 대룡은 친일과의 전쟁을 선포한 상황.

도리어 대룡과 싸워 친일 기업이라고 못 박히면 작은 회사들은 재기가 불가능하기에 그저 비는 수밖에 없었다.

"지금 광고 판매율이 20%도 안 됩니다."

물론 대룡이라고 해서 광고를 하는 다른 대기업들과 싸우려고 하지는 않았다.

자신들이 하던 것처럼 철저하게 약자를 노리고 있었다.

문제는 그 상황이 결코 반갑지 않다는 거다.

광고가 줄어들고 그러면 자신들이 대룡에 찍힐 가능성이 높아지니까 서둘러서 광고를 빼고, 남은 기업은 더더욱 불안해지는 악순환.

"고소를 하거나 할 수는 없는 거야?"

부하가 고개를 흔들었다.

"방법이 없답니다. 딱 합법의 커트라인 안에서 활동하고 있습니다."

표적이 된다는 강렬한 느낌은 있지만 그들이 하는 모든 행동은 합법이었다.

자기 땅에 자기 공장을 세우고, 불법을 신고하고, 자기네 영화사의 수익을 조절하고, 자연스럽게 거래되는 주식을 사서 정당한 주주권을 행사하는 것뿐이다.

다만 대룡이 그렇게 기침할 때마다 작은 회사들은 공포에 휘청거린다는 것이 문제다.

그들은 신문사와 엮이면 그 꼴을 당한다는 걸 알고 재빨리 손절했고, 이제 신문사는 최소한의 운영비조차도 벌지 못하

이것이 삶이다

고 있었다.

"뭐? 기껏해야 신문광고를 빼?"

물론 지금까지는 그랬다. 다들 그렇게 위협했고, 진짜로 당하기도 했다.

그러나 이번에는 그 급이 다르다.

정작 신문사에는 손끝 하나 대지 않는다.

다만 신문에 광고를 하는 사람만 족칠 뿐이다.

그것도 합법적으로 말이다.

"후우."

소만섭은 얼굴을 문질렀다.

자신들이 괜스레 친일파의 부탁을 들어준 결과가 이거였다.

물론 나름 두둑한 돈을 받았다.

하지만 그것과는 비교도 못 할 정도의 피해가 닥쳐왔다.

"대룡에 전화해."

"네?"

"사장님, 아니 회장님을 뵙고 싶다고……."

"사장님?"

"너 그러면 이대로 망할래?"

소만섭의 말에 부하의 얼굴이 시커멓게 변했다.

"이건 작정하고 우리를 말려 죽이는 거야. 이건 우리가 졌어."

"하, 하지만……."

"하지만은 뭔 하지만이야? 비어 버린 광고 자리를 일본에서 메꿔 준대? 친일파가 우리한테 빵꾸 나는 돈을 준대?"

"……."

"이건 우리가 진 거야."

소만섭은 입술을 깨물며 말했다.

"그러면 우리가…… 빌어야지, 별수 있겠어?"

"미쳐서 날뛰니 도리어 언론에서는 제대로 대응을 못 하는군."

유민택은 신기한 듯 말했다.

법무 팀에서는 사과를 요구하고 적당히 하는 선에서 물러나자고 했다. 하지만 노형진은 그런 법무 팀을 무시하고 관련 기업들을 무서울 정도로 몰아붙였다.

그리고 광고가 어마어마하게 떨어진 신문들은 결국 포기하고 두 손 두 발을 들고 사과하러 대룡의 사무실로 매일같이 출근하고 있었다.

"어쭙잖은 소송보다는 훨씬 낫군."

"소송해 봐야 자기네 신문 구석에 사과문을 작게 올려 두고 끝이겠지요."

그리고 그들이 싸지른 똥으로 인한 피해는 절대 보상하지 않을 것이다.

"하지만 이번은 다릅니다."

그들의 약점이 잡혔고 그걸 실행하는 데 돈이 많이 드는 것은 아니다.

그래서 그들이 어쩔 수 없이 사과할 수밖에 없었던 것이다.

"친일파를 박멸하고 싶지만 애석하게도 현재로써는 그들을 박멸할 방법이 없네요."

어깨를 으쓱하는 노형진을 보면서 유민택은 고개를 흔들었다.

"이미 자네는 최선을 다했고 좋은 결과를 이끌어 냈네. 이 정도면 충분해."

노형진이 피식 웃었다.

"결과요?"

"그래, 결과."

"결과는 모든 걸 끝내고 최종적으로 나온 산물을 뜻합니다. 하지만 아직 안 끝났습니다."

"아직 안 끝났다고?"

"네, 이 일의 주범에게 인사를 드려야겠지요, 후후후."

노형진은 당한 채로 조용히 살고 싶은 생각이 추호도 없었다.

"원래 받은 대로 베푸는 것이 우리네의 좋은 전통 아닙니까? 후후후."

다음 권으로 이어집니다

꿈의 도약, 로크에서 하십시오
(주)로크미디어에서 신인 작가를 모십니다

즐거운 세상, 로크미디어는 꿈을 사랑하고 도전을 두려워하지 않는 작가 분들의 참신한 작품을 기다리고 있습니다. 21세기 장르 문학계를 이끌어 갈 차세대 선두 주자 (주)로크미디어에서 여러분의 나래를 활짝 펴 보시길 바랍니다.

모집 분야 판타지와 무협을 포함한 장르 문학
모집 대상 아마추어 작가, 인터넷 작가
모집 기한 수시 모집

작품 접수 시 유의 사항

1. 파일명은 작가명_작품명.hwp형식을 갖춰 주십시오.
1. 파일에 들어갈 내용은 다음과 같습니다.
   - 성명(필명인 경우 실명을 밝혀 주세요), 연락처, 이메일 주소
   - 제목, 기획 의도
   - A4용지 1장 분량의 등장인물 소개
   - A4용지 2장 분량의 전체 줄거리
   - 본문
1. 작품이 인터넷에 연재되고 있다면, 게시판명과 사이트의 구체적이고 정확한 주소를 기재해 주십시오.

선택된 작품은 정식 계약 후 출판물로 간행되어 전국 서점에 유통됩니다.
작가 분은 (주)로크미디어의 전폭적인 지원하에 전속 작가로 활동하시게 됩니다.
※ 자세한 내용은 로크미디어 홈페이지(rokmedia.com)를 참조하세요.

(03920)서울시 마포구 성암로 330 DMC첨단산업센터 3층 318호
(주)로크미디어 편집부 신간 기획 담당자 앞
전화 : 02) 3273 - 5135
www.rokmedia.com   이메일 : rokmedia@empas.com

ROK MEDIA
로크미디어

틴타 현대 판타지 장편소설

다시 한 번
아이돌

ONCE AGAIN IDOL

#No환승 #No휴덕 #저세상주접킹양산
소울 가득 B급 감성부터 소름 돋는 대형 군무까지
돌덕들의 빛과 소금이 될 그 아이돌이 온다!

화상을 입고 아이돌의 꿈을 포기한
10년 차 연습생 서현우
트레이너로서 유명 돌들을 양성하던 중
갑작스럽게 데뷔 전으로 돌아가다!

회귀자 짬밥으로 무사히 데뷔해
크로노스를 스타덤에 올려놓은 그는
무대마다 뜻밖의 주목을 받으며
연예계의 중심에 서기 시작하는데……!

숨길 수 없는 반전 매력 무대의 향연!
그가 무대에 설 때 역대급 라이브가 펼쳐진다!

블랙라벨 대체역사 소설

삼국지
환상
동탁전